Autor _ Púchkin
Título _ Noites egípcias
e outros contos

Copyright _	Hedra 2011
Tradução© _	Cecília Rosas
Títulos originais _	Уединенный домик на Васильевском (1829); От издателя (1831); Метель (1831); Барышня-крестьянка (1831); История села Горюхина (1837); Египетские ночи (1837);
Edições consultadas _	*Obras Completas*. Leningrado: Наука, 1979; *Obras Completas*. Moscou: Академия наук, 1956.
Corpo editorial _	Adriano Scatolin, Alexandre B. de Souza, Bruno Costa, Caio Gagliardi, Fábio Mantegari, Iuri Pereira, Jorge Sallum, Oliver Tolle, Ricardo Musse, Ricardo Valle
Dados _	

Dados Internacionais de Catalogação na Publicação

P973 Púchkin (1799–1837).
Noites egípcias e outros contos. / Aleksandr Serguêievitch Púchkin. Organização e tradução de Cecília Rosas. – São Paulo: Hedra, 2010. 152 p.

ISBN 978-85-7715-172-1

1. Literatura Russa. 2. Contos. 3. História da Literatura Russa. I. Título. II. Puchkin, Aleksandr Serguêievitch (1799–1837). III. Mendes, Cecília Rosas, Tradutora.

CDU 882
CDD 891.7

Elaborado por Wanda Lucia Schmidt CRB-8-1922

Direitos reservados em língua portuguesa somente para o Brasil

EDITORA HEDRA LTDA.

Endereço _	R. Fradique Coutinho, 1139 (subsolo) 05416-011 São Paulo SP Brasil
Telefone/Fax _	+55 11 3097 8304
E-mail _	editora@hedra.com.br
Site _	www.hedra.com.br

Foi feito o depósito legal.

Autor _ Púchkin
Título _ Noites egípcias
e outros contos
Organização e tradução _ Cecília Rosas
São Paulo _ 2011

hedra

Aleksandr Serguêievitch Púchkin (1799–1837) é considerado um dos fundadores da literatura russa. Nascido em uma família aristocrática, estudou no Liceu de Tsárskoe Celo em São Petersburgo, onde se consagrou como jovem talento. Foi mandado para o exílio diversas vezes na juventude; isolado da corte, escapou de participar da Insurreição Dezembrista de 1825. Durante esse período, escreveu vários poemas líricos e narrativos, além do romance em versos *Evguêni Oniêguin*. De volta a São Petersburgo, retomou a vida da corte e a relação cada vez mais conflituosa com o czar e a censura. Em 1830, ganhou do pai uma propriedade por seu noivado com Natália Gontchárova, e lá escreveu o livro de contos *Histórias do falecido Ivan Pietróvitch Biélkin*, além de obras dramáticas e poemas. Ao longo da década de 1830, escreveu *A filha do capitão*, *A dama de espadas*, *O cavaleiro de bronze*, entre outros. Púchkin morreu em 1837, ferido em um duelo.

Noites egípcias e outros contos reúne várias obras em prosa de Púchkin. A seleção abarca desde seus primeiros ensaios na forma, como "A casinha solitária na Ilha de Vassíli" – conhecido como um dos primeiros contos fantásticos da literatura russa – até uma de suas últimas narrativas, "Noites egípcias", ambos traduzidos pela primeira vez para o português do Brasil. A coletânea também inclui alguns dos *Contos de Biélkin*: "Do Editor", o prefácio ficcional sobre a vida do narrador; "A nevasca", e "A senhorita camponesa", ironias simpáticas à literatura romântica. O também inédito "História do povoado de Goriúkhino" foi publicado postumamente, e é uma exploração dos limites da narrativa histórica, além de mostrar uma visão extremamente irônica do sistema cultural russo.

Cecília Rosas é tradutora e mestre em Literatura e Cultura Russa pela Universidade de São Paulo (USP), com dissertação sobre os contos de Aleksandr Púchkin.

SUMÁRIO

Introdução, por Cecília Rosas 9

NOITES EGÍPCIAS E OUTROS CONTOS   25

A casinha solitária na Ilha de Vassili 27

Do editor 61

A nevasca 66

A senhorita camponesa 82

História do povoado de Goriúkhino 107

Noites egípcias 130

INTRODUÇÃO

DADA A FORÇA que o romance russo teria no século XIX, é curioso pensar que seu início foi tão tardio. Por volta de 1800, a tradição literária da Rússia contava com vários poetas consagrados; a prosa, no entanto, era vista como uma forma menor. O sistema russo ainda estava muito ligado às regras estabelecidas por Mikhail Lomonóssov, no século XVIII, que ditavam uma organização extremamente rígida no que dizia respeito a linguagem e gênero. Se uma obra pertencesse a um gênero elevado, como a tragédia ou a ode, deveria utilizar um vocabulário solene, próximo ao eslavo eclesiástico. Se, por outro lado, fosse um gênero menor, deveria obrigatoriamente usar o léxico popular, de preferência se aproximando dos provérbios e dos contos populares russos. A prosa só tinha lugar em textos religiosos.[1]

O cenário começou a mudar no fim do século XVIII. Segundo Gita Hammarberg, a única prosa de ficção que circulava até meados do século eram manuscritos populares, mal vistos pela elite. Com o passar do tempo, o mercado editorial russo foi invadido por traduções de ficção europeia: autores como Richardson, Fielding e Goethe, obras francesas, latinas e romances medievais começavam a circular. Era comum que o tradutor russo defendesse os méritos da prosa no prefácio desses livros. O

---

[1] W. Brown. *A History of Russian Literature of the Romantic Period*, v. 1, Ann Arbor: Ardis, 1986, pp. 24—5.

INTRODUÇÃO

hábito de ler romances ia ao poucos se difundindo entre a população alfabetizada.[2]

Mas a prosa russa ainda dava os primeiros passos. O primeiro escritor a viver exclusivamente da própria produção foi Karamzin (1766—1826), uma figura essencial na vida de Púchkin. Editor, historiador e autor de várias obras de ficção, seus livros tiveram um alcance inédito para os padrões da época, principalmente entre as mulheres; foi um dos primeiros escritores russos a escrever uma prosa sofisticada, muitas vezes de tom sentimentalista. As duas novelas mais famosas de Karamzin — *Natália, a filha do Boiardo* e *Pobre Liza* — apresentam temas e recursos que depois seriam retomados por Púchkin, como as protagonistas femininas e o tom irônico do narrador.

Púchkin nasceu em 1799 e teve uma infância típica de um filho da nobreza. Sempre dizia que a combinação entre livre acesso à biblioteca do pai e as histórias de sua babá, Arina Rodionovna, havia sido sua grande formação literária. Em 1811, foi fundado o Liceu de Tsárskoe Celo, uma escola que funcionava dentro do palácio para formar os jovens das principais famílias da corte e prepará-los para servir ao Estado. Púchkin ingressou na turma inaugural e lá conheceu aqueles que mais tarde formariam a chamada "plêiade de Púchkin": um grupo de escritores com afinidades mais políticas do que estéticas. Aos 16 anos, um evento marcou sua reputação como poeta do Liceu e promessa da literatura russa. Durante um exame oral, leu um de seus poemas, "Reminiscências de Tsárskoe Celo", para Derjávin, considerado então o grande poeta da corte. Enquanto lia, Derjávin se ergueu

---

[2] G. Hammarberg. *From the Idyll to the Novel: Karamzin's Sentimentalist Prose*, Cambridge: Cambridge University Press, 1991, p. 2.

da cadeira, petrificado. Ao fim, correu para abraçar Púchkin que, assustado, fugiu para se esconder.

Mas foi a publicação do poema narrativo *Ruslan e Ludmila*, em 1820, que consagrou o autor para o grande público. Antes disso, seus poemas circulavam entre os jovens liberais que frequentavam as várias sociedades secretas da época. A filiação de Púchkin aos ideais iluministas era bastante conhecida; mas, por causa de sua vida de dândi e de sua pouca discrição, ele não era aceito nas sociedades mais sérias. Aos vinte e um anos, o autor começava a formar a reputação que teria por toda a vida: de jovem poeta genial e desregrado, frequentador dos bailes da corte e sempre perseguido pela censura. O czar logo se irritou com a influência de seus poemas e, em 1820, mandou-o para o exílio pela primeira vez. A década seria passada longe de São Petersburgo: primeiro no sul, depois confinado na propriedade da família no interior.

Apesar de afastado da vida da corte, seus poemas faziam enorme sucesso. Foi nesta época que Púchkin escreveu algumas de suas obras mais conhecidas: narrativas poéticas de inspiração orientalista, o drama histórico *Boris Godunov* e o romance em versos *Evguêni Oniêguin*. Quando se aproximava do fim da década de 1820, o autor começou a se concentrar no estudo da história e se aventurar pelas narrativas em prosa. Sabe-se que Púchkin havia escrito vários relatos autobiográficos, que queimou depois da Insurreição Dezembrista por medo de ser incriminado. Em 1827, tentou escrever um romance histórico sobre seu bisavô, um escravo que foi presenteado a Pedro o Grande e se tornou um grande engenheiro militar. Houve outras tentativas ao longo da década: *Dubróvski*, *Kirdjali*, *Romance em cartas* e *O diabo apaixonado*, posteriormente publicado como "A casinha solitária na Ilha

INTRODUÇÃO

de Vassíli". Finalmente, em 1830 publicou *Histórias do falecido Ivan Pietróvitch Biélkin*, volume que contava com cinco contos organizados em torno de um narrador ficcional.

O livro, que depois ficou conhecido simplesmente como *Os contos de Biélkin*, é hoje considerado uma espécie de marco inaugural da prosa russa; na época, foi visto como uma confissão de decadência do poeta. O grupo de Púchkin vinha sofrendo uma desmoralização progressiva no regime de Nicolau I, e a censura estava cada vez mais rígida. Púchkin tentava há anos publicar uma revista literária, sem sucesso. Bielínski, ainda um jovem crítico nessa época, declarou em 1834: "O ano de 1830 concluiu, ou melhor, trouxe um fim abrupto ao período puchkiniano, e o próprio Púchkin, assim como sua influência, parecem ter desaparecido".[5]

Neste mesmo outono, além dos *Contos de Biélkin*, Púchkin escreveu *Pequenas tragédias*, compostas de cinco dramas em verso, vários artigos sobre literatura, poemas líricos e o conto "História do povoado de Goriúkhino". Retomando a personagem Biélkin, a "História do povoado de Goriúkhino" explora de maneira irônica as possibilidades do relato histórico, do conto de sociedade e da autobiografia. Escrito um pouco mais tarde, "Noites egípcias" também joga com a forma, em particular com os limites entre poesia e prosa. O conto foi reescrito em 1835 a partir de um poema iniciado dez anos antes, sobre uma lenda de Cleópatra.

---

[5] Paul Debreczeny. *Social Functions of Literature — Aleksander Pushkin and Russian Culture*, Stanford: Stanford University Press, 1997, p. 15.

CECÍLIA ROSAS

A CASINHA SOLITÁRIA NA ILHA DE VASSILI

Entre 1821 e 23, Púchkin trabalhou nos planos de uma história que se chamaria *O diabo apaixonado*, sem conseguir se decidir se fazia um poema, um conto ou um drama. Provavelmente inspirada em *Le Diable Amoureux* (1772), de Jacques Cazotte, a história possui um paralelo interessante com várias de suas outras narrativas posteriores, em particular com as obras de tom mais fantástico como *O cavaleiro de bronze* e *A dama de espadas*.[4]

Anos mais tarde, o autor contou a história em um jantar na casa de Karamzin. O conto causou uma grande impressão entre os presentes; um jovem escritor chamado V.P. Titov, sem conseguir dormir à noite, escreveu-o de memória e o mostrou para Púchkin que, com algumas correções, autorizou a publicação. Com o título de "A casinha solitária na Ilha de Vassili" e assinado por Titov Kosmokratov, foi publicado em um almanaque em 1829 chamado *Flores do Norte*.

Há vários debates sobre o lugar deste conto na obra de Púchkin. Apesar dos óbvios traços do autor, pergunta-se com frequência o quanto haveria de Titov aí. De fato, aparecem nele temas comuns na obra de Púchkin. A oposição entre um protagonista frágil e influenciável, da baixa nobreza, como Pável, e um cosmopolita que transita entre a aristocracia, como Varfolomei, repete-se em vários dos *Contos de Biélkin*. Mas é a personagem de Vera que prenuncia um tipo caro ao autor; a moça do interior dotada de enorme força espiritual e bom-senso é um tipo que se repetiria em diversas de suas heroínas. Edmund Wilson afirma, citando o poeta Vladislav Khodasevitch, que esse

[4] Edmund Wilson. "Notes on Pushkin", *The New York Review of Books*, vol. 15, nº 10, dec. 1970.

INTRODUÇÃO

conto estabelece a conexão que todos sabiam existir, mas não conseguiam encontrar, entre os chamados "Contos de Petersburgo" de Púchkin.

No ano seguinte da publicação de "A casinha solitária na Ilha de Vassili", isolado em Boldino — propriedade que acabara de receber do pai como presente por seu noivado — Púchkin escreveria os *Contos de Biélkin*, uma guinada em sua obra e um marco na história da literatura russa.

DO EDITOR

Os *Contos de Biélkin* são introduzidos por um prefácio fictício. O editor, que assina simplesmente AP, afirma ter encontrado o manuscrito e inclui uma nota biográfica de um amigo anônimo. Há uma grande discussão na fortuna crítica de Púchkin sobre as implicações desse gesto na hora de lançar seu primeiro livro de prosa. Dizer que se tratava de um artifício para esconder o verdadeiro autor é insuficiente: o narrador articula em torno de si todos os contos, e sinaliza para uma unidade entre eles.

Desse prefácio, ficamos sabendo que o narrador teve uma vida sem grandes sobressaltos. Trata-se de uma figura um tanto medíocre, que não corresponde à ideia romântica do artista e, falecido desde o título, permanece vivo pela literatura e pela memória do amigo. Os percalços que Biélkin encontra para tornar-se escritor — depois explicados em detalhe por ele mesmo em "História do povoado de Goriúkhino" — eram um claro comentário de Púchkin sobre a situação da literatura russa da época.

Em certo ponto, o editor informa aos "exploradores curiosos" que Biélkin teria ouvido as histórias de outras pessoas e as reescrito. Assim, o narrador, que já se havia desdobrado em editor, amigo anônimo e Biélkin, volta a se multiplicar quando descobrimos que cada história teria uma espécie de narrador original. É interessante notar como o tipo de história se relaciona com o seu narrador primário: "A nevasca" e "A senhorita camponesa", ambos contados pela donzela K.I.T, remetem à literatura considerada feminina na época, e ao tipo de livro que circulava entre as leitoras de então.

A NEVASCA

O conto "A nevasca" está repleto de referências literárias, um reflexo da estrutura mental de sua protagonista, Macha. Trata-se de um tipo de personagem feminina recorrente na obra de Púchkin: moça solteira e provinciana, vinda da pequena nobreza rural e influenciada pela leitura de romances de gosto duvidoso. O narrador chega a fazer um elogio às senhorinhas do campo:

> Aqueles entre os meus leitores que nunca viveram no campo não podem imaginar como são encantadoras essas fidalgas de província! Educadas ao ar livre, à sombra das macieiras do jardim, tiram dos livros o conhecimento do mundo e da vida. Solidão, liberdade e leitura cedo desenvolvem nelas sentimentos e paixões desconhecidos de nossas beldades já distraídas. Para as senhorinhas, o soar da campainha já é uma aventura, uma viagem à cidade vizinha marca uma época da vida e uma visita deixa uma lembrança duradoura, às vezes eterna. É claro, qualquer um pode rir dessas excentricidades; mas as brincadeiras de um observador superficial não conseguem destruir suas evidentes qualidades essenciais, das quais a mais importante é: *particularidade de caráter, singularidade* (*individualité*), sem a qual, na opinião de Jean-Paul, não existe a própria grandeza humana. Nas capitais as mulheres recebem, talvez, melhor educação; mas os hábitos mundanos logo suavizam a personalidade e deixam as almas tão uniformes quanto os chapéus femininos.

Tratava-se de um público leitor recente, mas considerável. O índice de alfabetização na Rússia cresceu bas-

INTRODUÇÃO

tante no começo do século XIX, especialmente entre as mulheres. A criação de um sistema educacional público em 1782 por Catarina a Grande e a inclusão de mulheres na sua consolidação no começo do século XIX ampliaram bastante o número de leitoras.[5] A nobreza rural vinha fazendo um esforço para criar bibliotecas pessoais pela primeira vez. Em 1802, Karamzin escrevia que os comerciantes, muitas vezes analfabetos, começavam a levar livros em suas mercadorias.[6] Um mercado de literatura se constituía fora das capitais e influenciava as gerações seguintes.

Macha, representativa desse novo público, passa todo o tempo lendo romances, citando-os e comparando-se às suas heroínas. Para esse tipo de leitora, os livros muitas vezes eram o único contato com o mundo exterior; isoladas, sem muita educação formal e com bastante tempo livre, elas encaravam os romances como verdadeiros manuais de comportamento. Macha vive à sua maneira em um mundo de romance, e é uma heroína clássica. Mas, como protagonista de um romance de aventuras, permanece sempre passiva, agindo em negativo. Nisso, ela é oposta à outra protagonista feminina dos *Contos de Biélkin*, a Liza de "A senhorita camponesa".

A SENHORITA CAMPONESA

Construído à maneira de um Romeu e Julieta russo, o que separa os heróis de "A senhorita camponesa" é a relação de seus pais com a cultura estrangeira. Púchkin ironiza uma acusação que enfrentava frequentemente: usar

---

[5] Paul Debreczeny. *Social Functions of Literature — Aleksander Pushkin and Russian Culture*, Stanford: Stanford University Press, 1997, p. 101.
[6] *Idem*, p. 100.

estrangeirismos e importar formas que não eram autenticamente russas.

Nesse conto, também permeado de referências literárias, a mais direta é às novelas de Karamzin, em particular, a *Pobre Liza*. Trata-se da história de uma garota ingênua do campo, Liza, que é cortejada por um senhor da cidade grande. A Liza de Karamzin sente uma culpa enorme por estar enganando sua mãe com seu amor proibido e, quando se entrega, não suporta e comete suicídio.

O contraste com a Liza de Púchkin é óbvio. Leitora voraz de romances, ela é exatamente o contrário de sua xará. É ela que seduz o protagonista, dita as regras e se aproveita do bom coração de Aleksei. Púchkin relê a novela de Karamzin sem as oposições maniqueístas entre cidade/campo, nobre/camponês, esperto/ingênuo. A moça do campo tem mais qualidades — originalidade, individualidade — do que os clichês byronianos interpretados por seu pretendente.

Ambos encarnam uma espécie de resposta ao debate da época que contrapunha literatura russa e literatura europeia. Liza e Aleksei compartilham os códigos estrangeiros, mas ao longo do conto parecem dar um rumo tipicamente russo aos acontecimentos. Ao encerrar os *Contos de Biélkin* com essa história, Púchkin parece dar uma saída para um dilema comum às literaturas periféricas em formação: o contraste entre formas estrangeiras e particularidades locais.

HISTÓRIA DO POVOADO DE GORIÚKHINO

Como costuma acontecer com obras inacabadas, "História do povoado de Goriúkhino" levanta muitas polêmicas, a começar pela edição. Sua primeira publicação foi em 1837, com várias supressões, na edição da revista

INTRODUÇÃO

Contemporâneo em homenagem a Púchkin, logo após sua morte.[7] Não há uma versão final, apenas um plano e partes separadas. Nas primeiras edições, o conto recebeu o título de "Crônica do povoado de Goriúkhino", e a narrativa dos "Tempos fabulosos" não vinha no final, mas na metade. Apenas em 1910, com a edição de Vengerov, o título foi definido como "história".[8] O nome da cidade também varia ao longo do manuscrito, mas ficou fixado como Goriúkhino pela clara referência à palavra горе (gore), "desgraça".

Púchkin retoma Biélkin para criar uma mistura entre relato histórico e autobiografia, uma resposta direta à situação em que se via. A grande aspiração da personagem — "ser o juiz, o observador e o profeta dos séculos e dos povos, [...] o mais elevado patamar acessível a um escritor" — reflete um certo tipo de aspiração dos jovens das décadas de 1820/30, mas o conjunto de referências intelectuais e artísticas do narrador é, por si só, um apanhado irônico do panorama cultural russo da época.

Eram tempos difíceis para Púchkin. Depois de 1825, a aristocracia antiga da qual fazia parte começou a perder rapidamente o poder. Nicolau I, recém-coroado, reforçou a repressão e começou a favorecer um grupo de jornalistas e escritores vindos de uma classe intermediária. Escritores como Bulgárin, Nadejdin e Pelevoi estabeleceram-se como representantes desta classe ascendente, que entrou em choque direto com o grupo de Púchkin.

As reformas no sistema educacional público provocaram uma expansão no mercado editorial, criaram um

---

[7] Thomas G Winner. "The History of the Village of Goriukhino", *Russian Review*, vol. 13, nº 2, april 1954, Blackwell Publishing, 1954, p. 120.

[8] David M. Bethea e Serguei Davydov. "The [Hi]story of the Village Gorjuxino: In Praise of Pushkin's Folly". In *The Slavic and East European Journal*, vol. 28, nº 3, 1984, p. 304.

novo público leitor — antes restrito aos salões da corte — e, consequentemente, uma mudança nos padrões literários.[9] Progressivamente, o número de vendas começou a ser tão importante quanto a aceitação em círculos aristocráticos.

Boa parte da disputa literária passou a acontecer nas revistas especializadas. Por volta de 1830, o círculo aristocrático contava com o *Jornal Literário*, editado por Diélvig, que publicava os artigos de Púchkin, Viázemski e Pletniov. Tratava-se de uma revista liberal que representava o pensamento dos antigos estudantes do Liceu. Do lado oposto estavam as revistas conservadoras como a *Abelha do Norte*, comandada por Bulgárin e Gretch, e *Telégrafo de Moscou*, editada por Pelevoi.

Nesta disputa, Bulgárin era o principal inimigo de Púchkin. Escritor e jornalista de origem polonesa, seus livros eram extremamente populares. Era aliado do governo e informante do chefe da censura, Aleksandr Benkendorf. Além disso, ele próprio atuava como censor. Bulgárin e Gretch haviam começado a publicar em meados da década de 1820 e, nos anos seguintes, foram se tornando cada vez mais influentes.

Foi na época da publicação do drama histórico *Boris Godunov* que ambos se tornaram inimigos declarados. A peça teve vários percalços antes da publicação, e Púchkin suspeitava que Bulgárin a havia censurado pessoalmente. Logo depois, Bulgárin publicou *O falso Dmitri*, sobre o mesmo evento histórico, o que levantou suspeitas de plágio. Por volta de 1830, o círculo de Bulgárin já tinha um certo domínio sobre as publicações literárias, e ele escre-

---

[9]Paul Debreczeny. *Social Functions of Literature — Aleksander Pushkin and Russian Culture*, Stanford: Stanford University Press, 1997, pp. 97—102.

INTRODUÇÃO

via várias críticas negativas aos livros de Púchkin. Este, por sua vez, respondia com epigramas e artigos.

Púchkin sempre teve problemas com a censura. Como vivia da sua produção literária, a vendagem para ele era uma questão prática. No início da década já quase não conseguia publicar: só lhe restava o *Jornal Literário*. Apesar dos esforços do grupo, a revista teve vida breve. A publicação de quatro versos em defesa da Revolução Francesa provocou sua suspensão no final de 1830.[10] Em carta ao amigo Pletniov, Púchkin escreveu: "E assim, a literatura russa está entregue de corpo e alma a Bulgárin e Gretch!".[11]

Depois de tentar, sem sucesso, escrever um romance histórico, em "História do povoado de Goriúkhino" o autor parece testar os limites da forma. Púchkin cria um relato fragmentário, ironizando dois discursos que têm a *verdade* como valor: história e autobiografia. Talvez pela própria impossibilidade de ser publicado, "História do povoado de Goriúkhino" mostra um autor mais experimental, numa espécie de radicalização que depois lhe permitiria escrever suas obras de ficção histórica mais conhecidas, como *A filha do capitão*.[12]

NOITES EGÍPCIAS

Em 27 de novembro de 1860 — ou seja, 25 anos depois de sua composição — uma jovem chamada Evguênia Tolmatcheva leu um trecho de "Noites egípcias" em uma

---

[10]Tatiana Wolf. *Pushkin on Literature*, London: The Athlone Press, 1998, p. 288.

[11]*Idem*, carta 204, p. 288.

[12]David M. Bethea e Serguei Davydov. "The [Hi]story of the Village Gorjuxino: In Praise of Pushkin's Folly". In *The Slavic and East European Journal*, vol. 28, nº 3, 1984, p. 293.

noite literária na cidade de Perm. O recital causou escândalo. Os jornais, chocados, publicaram notas criticando a falta de decoro da jovem senhora e o seu desrespeito aos presentes.[13] Dostoiévski saiu em defesa de Tolmacheva e do conto na revista *Tempo*, que mantinha com o irmão. Sua interpretação é muito interessante:

Imaginem: [o jornal "Mensageiro Russo"] chama "Noites egípcias" de "fragmento" e acha que está incompleto — justo a obra mais bem acabada, mais completa da nossa poesia! [...] Púchkin tinha exatamente o objetivo [...] de apresentar um instante da vida romana, e apenas isso, mas de forma a produzir com ele um efeito espiritual perfeito, a criar em poucos versos e imagens toda a alma e o sentido da vida daquela época; de maneira que este instante, este cantinho antecipasse e deixasse claro todo um quadro. Púchkin conseguiu isso, e com tal plenitude artística que parece a nós um milagre da criação poética.[14]

"Noites egípcias" foi escrito em 1835 a partir de um poema que Púchkin começara 10 anos antes, e só foi publicado postumamente. A história foi baseada em uma frase de Sextus Aurelius Victor, historiador romano do século IV:

Cleópatra era tão lasciva que muitas vezes se prostituía, e tão bonita que muitos homens escolhiam pagar com a vida por uma noite com ela.[15]

Depois de retrabalhar o tema de várias formas, Púchkin voltou à sua antiga poesia e emoldurou-a em um conto, onde faz uma crítica ácida à forma como a corte russa trata seus poetas.

---

[13]Paul Debreczeny faz uma análise interessante de todo o caso em *Social Functions of Literature*, p. 209.
[14]F. Dostoiévski. *Obras completas em 15 volumes*, São Petersburgo: Ed. Наука, 1988.
[15]Leon Burnett. "Sovereign rapture". In *Two Hundred Years of Pushkin: myth and monument*, Amsterdam and New York: Rodopi, 2003, p. 54.

INTRODUÇÃO

O fato de não tê-lo publicado em vida, a suspensão do momento em que termina o poema, tudo leva a crer que realmente se tratava de uma obra inacabada. No entanto, a visão de Dostoiévski ilumina um procedimento caro a Púchkin: a elegância de seu estilo que consiste, justamente, nesta maneira que o narrador tem de elidir trechos, diálogos e descrições, e interromper as narrativas em seu auge. Vários críticos afirmam que trata-se de um traço romântico do autor: o apreço pela estética do fragmento seria uma forma de dar ao leitor a oportunidade de completar a história e, assim, participar do processo criativo.[16] Dessa forma, a defesa apaixonada de Dostoiévski soa perfeitamente plausível e enriquece as possibilidades de leitura. É curioso, mas talvez essa tendência a deixar sempre algo em suspenso confira a seus contos, acabados ou não, uma unidade de forma.

Por ser escrito parte em prosa e parte em verso, "Noites egípcias" é considerado pela crítica uma espécie de ponto máximo das experimentações do autor. No drama *Mozart e Salieri*, de 1830, Púchkin falava sobre como se juntam as duas forças da criatividade, inspiração e trabalho, para compor uma obra de arte.[17] Aqui, novamente ele busca decifrar os caminhos da inspiração, já de uma forma um tanto mais amarga: é basicamente disso que trata o primeiro poema do conto.

Este poema tem um paralelo com um trecho de *Sonho de uma noite de verão*, de Shakespeare. Sabemos que Púchkin era um grande admirador do dramaturgo inglês; é bem provável que tenha se inspirado no seguinte trecho:

> The lunatic, the lover and the poet

[16] Monika Greenleaf. *Pushkin and the Romantic fashion — Fragment, Elegy, Orient, Irony*, Stanford: Stanford University Press, 1994.
[17] Assim interpretou a peça Nadêjda Mandelchtam. Ver Greenleaf, p. 7.

> Are of imagination all compact:
> One sees more devils than vast hell can hold,
> That is, the madman; the lover, all as frantic,
> Sees Helen's beauty in a brow of Egipt;
> The poet's eye, in a fine frenzy rolling,
> Doth glance from heaven to earth, from
> [earth to heaven,
> And as imagination bodies forth
> The forms of things unknown, the poet's pen
> Turns them to shapes, and gives to airy
> [nothing
> A local habitation and a name.[18]

Púchkin morreu em um duelo contra o Barão D'Anthès em 1837. O processo de sagração do autor como mito nacional começou logo a seguir, amparado a princípio por Gógol e mais tarde por Dostoiévski em seu famoso "Discurso da Praça Púchkin". Até hoje, é difícil encontrar um autor que seja tão profundamente identificado com um sentimento nacional: é comum entre os russos que se saiba de cor vários de seus poemas, e tanto a vida como a obra do poeta formam uma espécie de texto na vida cultural do país.

BIBLIOGRAFIA

BETHEA, David M. & DAVYDOV, Serguei. "The [Hi]story of the Village Gorjuxino: In Praise od Pushkin's Folly". In *The Slavic and East European Journal*, Vol. 28. n° 3 (Outono, 1984). pp. 291—309. American Association of Teachers of Slavic and East European Languages, 1984.

_____. "Pushkin's Saturnine Cupid: The poetics of Parody in The Tales of Belkin" in PMLA, vol 96 n° 1 (Janeiro de 1981) pp. 8—21. Modern Languages Association, 1981.

[18] Sonho de uma noite de verão, ato v, cena 1.

BURNETT, Leon. "Sovereign rapture". In *Two Hundred Years of Pushkin: myth and monument*, Amsterdam and New York: Rodopi, 2003.

BROWN, William Edward. *A History of Russian Literature of the Romantic Period*. 4 v. Ann Arbor: Ardis, 1986.

DEBRECZENY, Paul. *Social Functions of Literature — Aleksander Pushkin and Russian Culture*. Stanford: Stanford University Press, 1997.

EIKHENBAUM, Boris. "Пушкин путь в прозе". In О прозе, о поезий. São Petersburgo: Ed. Художественная литература, 1986.

GREENLEAF, Monika. *Pushkin and the Romantic fashion — Fragment, Elegy, Orient, Irony*. Stanford: Stanford University Press, 1994.

GREGG, Richard. "A Scapegoat for All Seasons: The Unity and the Shape of the Tales of Belkin". In *Slavic Review*, vol. 30 nº4 (Dec. 1971) pp. 748—761. The American Association for the Advancement of Slavic Studies, 1971.

_____. "Pushkin's Novelistic Prose: A Dead End?". In *Slavic Review*, vol. 57 nº 1 (Primavera, 1998) pp. 1-27. The American Association for the Advancement of Slavic Studies, 2002.

HAMMARBERG, Gita. *From the idyll to the novel: Karamzin's sentimentalist prose*. Cambridge: Cambridge University Press, 1991.

JAKOBSON, R. "Notas à Margem do Evguiêni Oniêguin". In *Caderno de Literatura e Cultura Russa*. São Paulo: Ateliê Editorial, 2004.

_____. *Russie folie poésie*, trad. de Nancy Huston, Marc B. de Launay e André Markowicz. Paris: Ed. Seuil, 1986.

MORETTI, Franco. "Conjectures on World Literature" In *New Left Review*, Janeiro-Fevereiro de 2000. <www.newleftreview.org/A2094> (Maio, 2009).

SHVARZBAND, Sh. "The Genesis of Pushkin's 'Tales of Belkin' ". In *The Slavonic and East European Review*. Vol. 68, nº 4 (Out. 1990). pp. 616—630. Londres: Maney Publishing, 1990.

TINIÁNOV, I. Критика, история литературы. Ed. Азбука — классика. São Petersburgo, 2001.

_____. Пушкин и его современники. Moscou: Ed. Наука, 1969.

NOITES EGÍPCIAS
E OUTROS CONTOS

A CASINHA SOLITÁRIA
NA ILHA DE VASSILI

Quem já teve a oportunidade de passear em volta de toda a Ilha de Vassili sem dúvida percebeu que os extremos opostos se parecem muito pouco um com o outro. Tomemos a costa sul, uma magnífica linha de enormes edifícios de pedra, e o lado norte, de frente para a Ilha Piotr, com sua longa restinga entrando nas sonolentas águas do golfo. Se nos aproximamos desta extremidade, as edificações de pedra, rareando, dão lugar a cabanas de madeira; entre elas, surgem terrenos baldios; por fim, as edificações desaparecem por completo e você segue ao largo de vastas hortas que, pelo lado esquerdo, margeiam bosques e os conduzem às últimas colinas, enfeitadas por uma ou duas casas solitárias e algumas árvores; um fosso, invadido por urtiga e bardana, separa a colina do vale e o protege contra os alagamentos. Mais adiante fica um prado, pantanoso como um charco, que forma o litoral. Até no verão estes lugares desertos são tristes, e no inverno ficam mais ainda, quando o prado, o mar e a floresta que dá sombra à Ilha Piotr na margem oposta — tudo fica enterrado sob morros cinzentos de neve, como se fossem túmulos.

Há algumas décadas, quando esta região era ainda mais solitária, vivia em uma casinha de madeira baixa, mas arrumadinha, perto da colina mencionada, uma velhinha, viúva de um funcionário que servira em não lembro qual departamento administrativo. Ele havia com-

A CASINHA SOLITÁRIA NA ILHA DE VASSILI

prado esta casinha junto com a horta depois de se aposentar, e sua intenção era manter uma pequena granja; mas a morte não o deixou levar seus projetos muito longe. A viúva logo se viu obrigada a vender tudo, exceto a casa, e viver da pequena renda acumulada com o trabalho honesto — ou talvez nem sempre honesto — do falecido. Sua família inteira consistia em uma filha e uma criada idosa, que ocupava o cargo de arrumadeira e cozinheira ao mesmo tempo. Longe do mundo, ela levava uma vida calma que, por toda sua monotonia, até podia parecer feliz. Igreja nos feriados; nos dias de semana, trabalho pela manhã; depois do almoço, a mãe tricotava meias, e a jovem Vera lia para ela *A Mineia*[1] e outros livros santos; ou senão, as duas se dedicavam à cartomancia — passatempo que até hoje é difundido entre as mulheres. Vera há muito tempo já havia atingido aquela idade em que as moças começam a pensar, como se diz por aí, em criar raízes; mas o traço principal de seu temperamento era a simplicidade infantil do coração; ela amava a mãe, amava por hábito suas atividades cotidianas e, satisfeita com o presente, não alimentava na alma maus pressentimentos quanto ao futuro. Sua velha mãe pensava de outro modo: com tristeza refletia sobre sua própria idade avançada e via com desespero florescer a beleza da filha de vinte anos que, em sua pobre solidão, não tinha esperanças de encontrar um companheiro e protetor. Tudo isso às vezes a fazia entristecer-se e chorar em segredo; com as outras velhas, não sei por que, ela não se dava nada bem; por sua vez, as velhas também não a apreciavam muito; fofocavam que, perto da morte do marido, ela não estava bem com ele, que um amigo muito suspeito sempre vinha para consolá-

---

[1]Livro que reunia orações diárias. [Todas as notas são da tradutora, exceto quando indicadas.]

-la; que o marido havia morrido de maneira muito repentina — sabe Deus o que não inventam as más-línguas.

A solidão em que viviam Vera e sua mãe era às vezes aliviada pelas visitas de um jovem, um parente distante que há alguns anos viera do campo para trabalhar em Petersburgo. Vamos chamá-lo de Pável. Ele chamava Vera de irmãzinha e a amava como qualquer rapaz ama uma jovem bela e amável; e era gentil com a mãe que de sua parte, como se diz por aí, estava de olho nele. Porém, era inútil pensar numa união entre os dois: ele não ia com frequência visitar a família na Ilha de Vassili. Mas não eram nem os negócios, nem o trabalho que o impediam: ele se dedicava a ambos com bastante negligência; sua vida consistia em um ócio quase ininterrupto. Pável era um destes jovens comedidos que não suportam o excesso de duas coisas: tempo e dinheiro. E, como costuma acontecer, procurava e encontrava amigos solícitos, que se dispunham com prazer a livrá-lo desses fardos absolutamente supérfluos e o ajudavam, às suas custas, a matar o tempo. Jogos de cartas, distrações, passeios noturnos, recorriam a tudo isso para ajudá-lo; e Pável era o mais feliz dos mortais, pois não via como fugiam dia após dia e mês após mês. É claro que ele não estava livre de aborrecimentos: algumas vezes a carteira se esvaziava; outras, a consciência despertava diante de um arrependimento ou de um pressentimento sombrio. Para livrar-se deste novo fardo, de início criou o hábito de visitar Vera. Mas será que podia comparar-se sem remorsos a uma moça tão inocente e virtuosa?

Assim, era preciso procurar outro modo de aliviar a consciência. Ele logo o encontrou em um de seus cúmplices de diversão, de quem se tornou amigo. Este companheiro, a quem Pável conhecia pelo nome de Varfolomei,

A CASINHA SOLITÁRIA NA ILHA DE VASSILI

frequentemente lhe ensinava umas brincadeiras que nem passariam pela cabeça do rapaz ingênuo; por outro lado, Varfolomei sempre conseguia livrá-lo das consequências perigosas. Ainda mais importante, o incontestável direito de Varfolomei ao título de amigo residia no fato de que, nos momentos de necessidade, ele provia nosso jovem daquilo cujo excesso é penoso, mas cuja falta é ainda pior — ou seja, dinheiro. Ele obtinha dinheiro com tanta facilidade e rapidez em todas as circunstâncias que Pável começou a suspeitar de algo estranho; resolveu então arrancar o segredo do próprio Varfolomei; mas assim que pensava em fazer perguntas, era desarmado pelo amigo com um olhar. No mais, pensava: "Que me importa a forma como ele consegue dinheiro? Não sou eu que vai para os trabalhos forçados... E nem para o inferno", acrescentava secretamente para sua consciência. Além disso, Varfolomei tinha a arte de persuadir e o poder de agradar, ainda que suas explosões involuntárias muitas vezes revelassem uma alma cruel. Também esqueci de dizer que ele nunca fora visto em uma igreja; mas o próprio Pável também não era muito devoto; além disso, Varfolomei dizia que não compartilhava a nossa fé. Em suma, nosso jovem por fim se submeteu inteiramente à influência do amigo.

Um domingo, depois de uma noite de farra, Pável acordou bastante tarde. Há muito tempo o arrependimento e a desconfiança não o atormentavam tanto. Sua primeira ideia foi ir à igreja, onde há tempos não pisava. Mas, ao ver as horas, viu que dormira além do horário da missa. O sol brilhava alto no céu quente de verão. Ele lembrou involuntariamente da Ilha de Vassili. "Como me portei mal com a velha senhora — disse para si — na última vez que fui em sua casa, a neve ainda não havia derretido. Que alegria há agora naquela casinha de madeira solitária. Querida Vera! Ela me ama, talvez esteja triste de não me ver há tanto tempo, talvez..." Pensou um pouco e decidiu passar o dia na Ilha de Vassili. Assim que se vestiu e saiu para o pátio, apareceu Varfolomei, vindo não se sabe de onde. Era um encontro desagradável para Pável, mas foi impossível desviar.

— Vinha mesmo falar contigo, camarada! — gritou Varfolomei de longe — Queria chamá-lo para o mesmo lugar em que fomos no outro dia.

— Hoje não tenho tempo — respondeu Pável, friamente.

— Essa é boa, não tem tempo? Quer que eu acredite que você tem algo para fazer? Bobagem! Vamos.

— Estou falando, não tenho tempo; preciso visitar um parente — disse Pável, desembaraçando seus dedos da mão fria de Varfolomei.

— Sim! Sim! Eu até havia esquecido da sua bruxa na Ilha de Vassili. A propósito, você falou que sua irmãzinha é um doce; diga, quantos anos ela tem?

— E como eu ia saber? Não fui eu quem a batizou!

— Eu mesmo nunca batizei ninguém, mas sei contados sua idade e de todos os meus parceiros.

— Sorte sua, só que...

— Só que isso não vem ao caso — interrompeu Varfolomei — Há tempos eu queria introduzir-me lá com a sua ajuda. O tempo hoje está lindo, eu adoraria passear. Leve-me com você.

— Juro que não posso. — respondeu Pável mal-humorado. — Elas não gostam de desconhecidos. Adeus, não posso perder tempo.

— Escute, Pável — disse Varfolomei, interrompendo seu caminho com o braço e lançando sobre ele um desses olhares que sempre tinham um efeito irresistível sobre o jovem frágil. — Eu não te reconheço. Ontem você saltava como uma gralha, e agora faz bico como um peru. O que significa isso? Eu já te levei a vários lugares por amizade; posso esperar o mesmo de você.

— É mesmo! — respondeu Pável envergonhado — mas agora não posso cumprir seu pedido, porque... porque eu sei que você vai se entediar lá.

— Desculpa esfarrapada: se eu quero ir, não será entediante. Leve-me, sem falta; caso contrário, você não é meu amigo.

Pável hesitou; ao fim, reuniu fôlego e disse:

— Escute, você é meu amigo! Mas, nestes assuntos, sei que nada é sagrado para você. Vera é uma boa moça, casta como um anjo, mas tem um coração simples. Você me dá sua palavra de honra que não vai se aproveitar da sua inocência?

— Mas você me acha mesmo um galanteador nato — interrompeu Varfolomei com uma gargalhada diabólica — Ora, irmão, há várias outras moças na cidade além dela. Para que discutir tanto? Não vou dar minha palavra de honra: você precisa acreditar em mim, ou rompemos nossa amizade. Leve-me com você — ou vá com Deus.

O jovem olhou para o rosto ameaçador de Varfolomei e se lembrou que tanto sua honra quanto seus pertences estavam em poder deste homem, e que uma briga com ele seria sua ruína. Seu coração sobressaltou-se. Ele fez ainda algumas pequenas objeções — e concordou.

A velhinha agradeceu a Pável do fundo da alma por este novo conhecido; aquele seu companheiro grave e cuidadosamente vestido a agradava muito. Como era de seu costume, viu nele um bom maridinho para sua Vera. Já a impressão causada por Varfolomei em Vera não era tão favorável: ela respondeu à sua reverência com um cumprimento tímido e suas bochechas coradas se cobriram de uma palidez repentina. Os traços de Varfolomei já eram conhecidos de Vera. Duas vezes, saindo da igreja com a alma cheia de sentimentos devotos e humildes, notara-o de pé ao lado do pilar de pedra, no átrio da igreja. Ele havia lançado sobre ela um olhar que cortara todas suas reflexões puras e, como uma ferida, ficara gravado em sua alma. Este olhar não prendia a pobre moça pela força do amor, mas por uma espécie de terror, para ela própria indefinível. Varfolomei era esbelto, possuía um rosto bem proporcionado; mas ele não refletia sua alma como um espelho; ao contrário, como uma máscara, ocultava todos seus movimentos; e na sua fronte, aparentemente calma, Gall[2] certamente teria notado traços de arrogância e vício característicos dos párias.

Mas Vera soube dissimular sua confusão e é pouco provável que alguém tenha reparado nisso, à exceção de Varfolomei. Ele entabulou uma conversa comum, e foi o mais amável, o mais inteligente possível. As horas passavam imperceptivelmente; depois do almoço foi proposto um passeio pela praia, ao fim do qual todos retornaram à casa, e a senhora começou a praticar seu passatempo preferido — a cartomancia. Mas, não importa quantas vezes pusesse as cartas, como que por azar, não aparecia nada. Varfolomei foi até ela, deixando no outro canto seu amigo que conversava com Vera. Vendo a irritação da velha senhora, ele a fez notar que daquela maneira de botar as cartas não era possível saber o futuro, e que, da forma como estavam, as cartas mostravam o passado.

---

[2] Franz Joseph Gall (1758—1828), anatomista e fisiologista alemão. Postulou a frenologia, teoria que acreditava ser possível determinar a inteligência e a personalidade de uma pessoa pelo exame da forma de seu crânio.

— Ai, paizinho! O senhor, pelo que vejo, é um profissional; esclareça para mim. O que é então que elas mostram? — perguntou a velha com um ar de dúvida.

— Pois vejamos — ele respondeu e, puxando a poltrona, pôs-se a falar por um longo tempo em voz baixa. O que falou? Só Deus sabe; só que, depois que terminou, ela havia escutado dele segredos sobre a vida e a morte do seu finado marido que pensava só serem conhecidos por ela e por Deus. Um suor frio brotou nas rugas do rosto, e os cabelos grisalhos se arrepiaram sob a touca; ela se benzeu, tremendo. Varfolomei se afastou apressado; com a mesma liberdade de antes, intrometeu-se na conversa dos jovens. E eles teriam falado até meia-noite se nossos convidados não tivessem que se apressar, explicando que logo se levantaria a ponte e eles passariam a noite ao léu.

Não vamos descrever em detalhes as várias outras visitas de nossos amigos à Ilha de Vassili durante o verão. Basta saber que, durante todo esse tempo, Varfolomei conquistava cada vez mais a confiança da viúva; a bondosa Vera, acostumada a concordar cegamente com os sentimentos da mãe, fora esquecendo aos poucos a impressão desagradável que o desconhecido lhe havia transmitido inicialmente; mas Pável permanecia objeto declarado de sua predileção. Para falar a verdade, havia um bom motivo para isso: os encontros frequentes com a jovem prima exerciam um efeito benéfico sobre o rapaz. Ele começou a trabalhar com mais aplicação, abandonou várias das suas amizades libertinas; em suma, quis tornar-se um homem decente; além disso, sua índole despreocupada logo se submetia à força do hábito, e às vezes lhe parecia que podia ser feliz com uma esposa como Vera.

É de se pensar que a predileção desta jovem encantadora pelo amigo ofenderia o indomável amor-próprio de

Varfolomei; porém, ele não só não manifestava nenhum desagrado, como sempre se dirigia a Pável de maneira ainda mais cordial e carinhosa. Pável, retribuindo com sincera amizade, pôs completamente de lado suas dúvidas a respeito das intenções de Varfolomei, aceitou todos os seus conselhos e confiou a ele todos os segredos de sua alma. Uma vez, falaram sobre as qualidades e os defeitos de cada um — o que é extremamente comum quando amigos conversam olho no olho.

— Você sabe que não costumo elogiar — disse Varfolomei —, mas sinceramente, meu caro, notei em você uma transformação extremamente positiva nos últimos tempos; e não fui o único. Várias pessoas andam falando que nos últimos seis meses você amadureceu mais que muitos o fazem em seis anos. Agora, só lhe falta uma coisa: experiência na alta sociedade. Não ria dessas palavras; eu mesmo nunca fui um grande apreciador deste mundo, sei que ele não vale nada; e este nada multiplica por dez o valor de uns poucos. Prevejo sua objeção; você planeja se casar com Vera. (Com essas palavras Varfolomei parou por um minuto, como se estivesse perdido em pensamentos) — você está pensando em se casar com ela — continuou — e não quer saber de nada além da felicidade conjugal e do amor de sua futura esposa. Aí é que está: vocês jovens acham que, uma vez casado, a festa acabou; e ela está só começando. Lembre-se de minhas palavras — você viverá casado por um ano e novamente se recordará das pessoas; mas aí será muito mais difícil introduzir-se na sociedade. E ainda por cima, as pessoas são indispensáveis, especialmente para um homem casado: por estes lados, se você não tiver um protetor, não consegue nem o que é de direito. Talvez você ainda se assuste com o título ilustre: alta sociedade. Acalme-se: é

A CASINHA SOLITÁRIA NA ILHA DE VASSILI

como um cavalo treinado; é muito calmo, mas parece perigoso porque já tem os seus hábitos, aos quais é preciso adaptar-se. Mas para que ficar só falando? É melhor que você confirme a verdade dessas palavras pela experiência. Depois de amanhã há uma recepção na casa da condessa I...; você terá a oportunidade de ir lá. Eu a visitei ontem, falei de você e ela disse que queria ver sua inestimável pessoa.

Estas palavras, como um veneno que tem o poder de revirar entranhas, transformaram todas as antigas intenções e desejos do jovem; ele, que nunca havia estado com a alta sociedade, resolveu entregar-se a este turbilhão, e na noite combinada foi visto no salão da condessa. A casa ficava em uma rua não muito barulhenta; e, se por fora não oferecia nada distintivo, por dentro era iluminada e ricamente decorada. Varfolomei já de antemão avisara a Pável que, a um primeiro olhar, algumas coisas lhe pareceriam estranhas; acontece que a condessa havia acabado de chegar de terras estrangeiras, vivia ainda à maneira de lá e recebia em sua casa um círculo pequeno, mas o melhor da cidade. Eles encontraram alguns senhores de idade, que se distinguiam pelas perucas altas, calças exageradamente bufantes, e que não tiraram as luvas por toda a noite. Isso não estava inteiramente de acordo com a moda daquele momento da sociedade habitual petersburguesa, a única que Pável conhecia, mas ele adotou a regra de não se surpreender com nada, e nem tinha tempo para reparar nessas miudezas. Sua atenção estava totalmente dominada pela anfitriã. Imagine uma aristocrata, na mais exuberante flor da juventude, dotada de todos os encantos com que natureza e arte podem enfeitar o sexo feminino para a perdição dos descendentes de Adão. Acrescente-se que ela havia perdido o marido e portanto, podia permitir-se no trato com os homens aquele atrevimento que, mais que tudo, fascina um homem inexperiente. Diante de tais tentações, como podia a imagem virginal de Vera permanecer no coração inconstante de Pável? A paixão ardia nele, e fez de tudo para ganhar a simpatia da beldade. Depois de repetidas visitas, notou que ela não era indiferente a seus esforços. Que descoberta para o fervoroso jovem! Pável não via a terra sob seus pés e já sonhava... Mas um contratempo pôs abaixo todos os seus intrépidos castelos de areia. Certa feita, numa recepção bastante cheia na casa da condessa, reparou que ela falava baixo com um homem; um jovem, devemos ressaltar, que se vestia de forma exageradamente elegante e, apesar de todo o esforço, não conseguia, no entanto, esconder as deformidades de seu corpo, em razão das quais Pável e Varfolomei o haviam apelidado de "Perna-torta": a curiosidade e os ciúmes obrigaram Pável a se aproximar, e ele escutou que o homem falava seu nome e ria do seu francês com sotaque, ao que a condessa respondia com sorrisos maliciosos. Nosso jovem ficou furioso e quis imediatamente partir para cima do zombador para dar-lhe uma lição, mas se conteve ao pensar que isso o exporia outra vez ao ridículo diante de todos. Saiu imediatamente da recepção, sem falar uma palavra, e jurou nunca mais ver a condessa.

Atormentado, ele se lembrou novamente de sua Vera, a quem há tanto tempo havia abandonado, como o pecador que, no abismo da libertinagem, se lembra do caminho da salvação. Mas dessa vez ele não encontrou ao lado da querida menina o conforto que desejava: Varfolomei reinava como proprietário da casa, e Pável, que o havia apresentado há alguns meses, já era considerado um convidado externo. A velha senhora estava seriamente doente. Vera parecia terrivelmente agitada e distraída; recebera Pável com extraordinária frieza e, ocupando-se dele apenas o mínimo exigido pela educação, preparava o remédio, corria para buscar a criada, cuidava da doente e chamava Varfolomei para ajudá-la constantemente. Tudo isso, é claro, era estranho e irritante para Pável que, como o pobre Makar,[3] sofria um fracasso após o outro. Ele quis arriscar uma explicação, mas temia perturbar tanto a doente idosa quanto Vera que, sem isso, já estava abalada com a doença da mãe. Só restava um meio: acertar as contas com Varfolomei. Depois de tomar essa decisão, Pável, desculpando-se sob pretexto de uma dor de cabeça, despediu-se um pouco depois do jantar e, sem que ninguém o impedisse, saiu, sugerindo a Varfolomei com certa aspereza que queria vê-lo na manhã seguinte.

Para imaginar o estado em que o infeliz Pável esperava por seu ex-amigo e atual rival no dia seguinte, é preciso entender todas as diferentes paixões que neste momento lutavam em sua alma e que pareciam querer despedaçar entre si a vítima, como aves de rapina. Ele jurara esquecer para sempre a condessa, e mesmo assim seu coração ardia de amor pela traidora; seu carinho por Vera não era tão ardente, mas nutria por ela um amor fraternal e valorizava sua boa opinião sobre ele; ainda que, quanto a isso, achava que talvez estivesse perdida por muito tempo, talvez para sempre. Quem então era o culpado por todos estes infortúnios? O pérfido Varfolomei, este a quem um dia ele chamara de amigo e que, em sua opinião, traíra sua confiança tão cruelmente. Com que impaciência Pável esperava por ele, com que irritação olhava a rua onde se formava uma tempestade igual à de sua alma!

"Que vagabundo", pensava, "está se aproveitando do mau tempo para fugir da minha justa vingança, está me

[3] Referência a um provérbio russo sobre pessoas muito azaradas.

privando da minha última alegria: de falar para aquela cara sem-vergonha o quanto eu a odeio".

Mas enquanto Pável se atormentava com essas dúvidas, a porta se abriu e entrou Varfolomei com a mesma serenidade de mármore, como quando o convidado de pedra chega à casa do Don Giovanni para jantar. Mas logo seu rosto assumiu uma expressão mais humana; ele se aproximou de Pável e disse-lhe com um ar de benevolência compassiva:

— Você já não é o mesmo, meu amigo; qual é a causa da sua dor? Abra seu coração para mim.

— Não sou seu amigo! — gritou Pável, saltando para o outro canto da sala, como se fugisse de uma cobra venenosa. Tremendo, com lágrimas que brotavam dos olhos injetados de sangue, o jovem expressou todos os sentimentos de sua alma, talvez até injustamente enfurecida.

Varfolomei o escutava com uma espécie de indiferença ofensiva e falou por fim:

— Sua linguagem é insolente, e você merecia uma punição; mas eu te perdoo; você é jovem e ainda não sabe o valor, nem das palavras, nem das pessoas. Você não falava assim comigo quando, se não fosse por minha ajuda, teria colocado a corda no pescoço. Mas agora tudo isso foi esquecido porque a recepção fria de uma menina irritou seu coraçãozinho suscetível. O senhor se permite desaparecer por meses inteiros, inventa não sei que brincadeira com não sei quem; e eu? Tenho que sofrer por sua causa e deixar de ir para onde quero. Não, senhor, fui eu quem continuou visitando a idosa, nem que fosse só para irritá-lo. Além disso, tenho outros motivos, não vou escondê-los: saiba que Vera está apaixonada por mim.

— Mentira, seu canalha! — exclamou Pável, exaltado — como um anjo poderia amar um demônio?

A CASINHA SOLITÁRIA NA ILHA DE VASSILI

— É perdoável que você não acredite — respondeu Varfolomei com um risinho. — A natureza não me pintou tão bonito quanto você; é por isso que você encanta as senhoras aristocratas o tempo todo, invariavelmente, sempre.

Pável não pôde suportar essa zombaria, ainda mais porque há tempos suspeitava que havia colaboração de Varfolomei em sua discórdia com a condessa. Ele, em sua fúria, atirou-se sobre o rival, e queria matá-lo ali mesmo; mas, nesse momento, sentiu um golpe na boca do estômago. Ele perdeu o ar, e a pancada, sem nenhum tipo de dor, em um instante fê-lo perder os sentidos. Quando voltou a si, viu-se na parede oposta da sala. A porta estava trancada, Varfolomei não estava e, como se ainda sonhasse, lembrou-se de suas últimas palavras: "Cuidado, meu jovem, você não está lidando *com um igual*".

Pável tremia de medo e raiva; milhares de pensamentos sucediam-se rapidamente em sua cabeça. Ora, ele decidia encontrar Varfolomei, nem que fosse no fim do mundo, e esmigalhar seu crânio; queria ir à casa da idosa e revelar a ela e a Vera tudo o que o traidor já havia aprontado; lembrava-se da encantadora condessa, queria ora esfaqueá-la, ora explicar-se, mas sem alterar a resolução anterior: manter ambas, claro, era difícil. Sentiu o peito apertado; enlouquecido, correu para o quintal, sentindo indícios de uma febre inflamatória; pálido e desorientado, vagou pela rua e poderia haver encontrado a resolução de todas suas dúvidas no profundo rio Nievá se, por sorte, ele não estivesse nesse momento agasalhado em seu sobretudo de gelo.

Não sei se o destino estava cansado de perseguir Pável ou se apenas queria feri-lo com mais força depois de dar a ele um respiro em sua infelicidade mas, quando voltou para casa, foi saudado pelo cumprimento inesperado de seu maior desejo. Na antessala, esperava por ele um criado da condessa I..., ricamente vestido, que lhe entregou um bilhete; Pável desdobrou-o com um sobressalto e leu as seguintes palavras, escritas pela caligrafia tão conhecida da condessa:

Pessoas más queriam nos indispor; eu sei de tudo; se você ainda tem uma gota de amor por mim, uma gota de piedade, venha a tal hora da noite.

Eternamente sua, I.

Como são bobos os apaixonados! Pável, ao percorrer estas linhas mágicas, esqueceu tanto da amizade de Vera quanto da hostilidade de Varfolomei; todo o mundo presente, passado e futuro reduzia-se àquele pedaço de papel; ele apertava-o contra o coração, beijava-o, aproximava-o várias vezes da luz.

—Não! — exclamou em êxtase — Não é um engano; como sou feliz; não se escreve assim, ninguém exceto ela escreveria isso. Mas será que essa tratante não está me convidando para me enganar e zombar de mim como antes? Não! Eu juro, não pode isso. "Sua — eternamente sua", que ela me explique na prática o que significam estas palavras. Senão... sua reputação está agora em minhas mãos.

Na hora marcada, nosso Pável, bonito e enfeitado, já estava na larga escadaria da condessa; sem ser anunciado, foi conduzido à sala de estar onde, para seu desgosto, já se reuniam alguns visitantes, entre os quais, no entanto, não estava o Perna-torta. A anfitriã o cumprimentou friamente e mal falou com ele; mas não podia ser sem motivo que ela o fitava com seus grandes olhos negros e languidamente os baixava: a cartilha mística do amor é incompreensível para os profanos. Os convidados começaram a jogar: a anfitriã, recusando, assegurou que ela se sentaria ao lado de cada jogador em sua vez, na esperança de trazer sorte. Todos se encantaram com a delicadeza de sua cortesia.

— Há tempo você não nos visita — disse a condessa um pouco depois, voltando-se para o rapaz — reparou em algumas mudanças na decoração desta sala? Aqui, por exemplo, as cortinas antes eram penduradas em coroas de louros; mas achei melhor substituí-las por flechas.

— Agora só faltam os corações para elas — respondeu Pável, em um tom meio seco e meio polido.

— Mas não é só o salão que foi redecorado. — continuou a condessa, levantando-se da poltrona: — Você não gostaria de dar uma olhada no gabinete? Há pouco foram trazidas tapeçarias com uns desenhos admiráveis.

Pável fez uma reverência e a seguiu. Seu coração batia com um sentimento indefinível quando entrou nesta sala mágica. Era ao mesmo tempo um jardim de inverno e uma saleta.

Árvores de mirtilo, dispostas ao longo da parede, controlavam a luz dos candelabros e deixavam os luxuosos divãs sob a sombra das árvores. O brilho transbordava suavemente sobre os tapetes que cobriam as paredes, nos quais cenas de amor de deuses lendários inspiravam lascívia. Em frente ao corredor estava um tremó, e perto, na parede, o *Rapto de Europa* — prova de que a beleza tem poder para transformar qualquer um em animal. Perto deste tremó começou a fatídica declaração. Todas as pessoas esclarecidas sabem que a conversa entre apaixonados sempre tem um violento exagero de cada detalhe; então, a reduzirei aqui somente a sua essência. A condessa assegurou que a zombaria pelo francês com sotaque não se referia a Pável, mas a um homônimo, que ela, por muito tempo, não entendera as razões de sua ausência; que, por fim, Varfolomei a aconselhara, e assim por diante. Pável, embora achasse estranho que Varfolomei tivesse alguma informação sobre este assunto sobre o qual ninguém lhe falara, e que assumisse um papel conciliador neste caso, obviamente acreditou em tudo; porém, fingiu obstinadamente não acreditar em nada.

— Que outras provas você quer? — perguntou por fim a condessa com carinhosa impaciência. Pável, como um jovem polido, beijou ardentemente sua mão como resposta; ela se enrijeceu, acanhou-se e quis voltar rapidamente para os convidados; ele se ajoelhou e, segurando suas mãos com força, ameaçou não soltá-la e ainda por cima disse que se mataria naquele minuto. A tática teve o efeito desejado — e um aperto de mão trêmulo, suave, e o doce sussurro "Amanhã, às onze da noite, na entrada de serviço" anunciaram o triunfo mais alto do que pólvora e canhão ao radiante Pável.

A condessa voltou para o salão bastante intempestivamente; dois jogadores estavam a ponto partir para a briga.

— Veja — disse um deles à condessa, ofegando de raiva — estou perdendo várias centenas de almas sem motivo nenhum, enquanto ele...

— Você quer dizer várias centenas de rublos — interrompeu ela com seriedade.

— Sim, sim... A culpa é minha... Enganei-me... — respondeu o brigão, gaguejando e olhando de soslaio para o jovem. Os jogadores abafaram a discussão, e toda aquela bagunça cessou como que por encanto. Pável, desta vez, não prestou atenção a tudo isso. A emoção não lhe permitiu passar muito tempo ali, e ele correu para casa

A CASINHA SOLITÁRIA NA ILHA DE VASSILI

a fim de entregar-se ao descanso, mas não conseguiu fechar os olhos por muito tempo; a própria realidade lhe parecia um doce sonho. Em sua imaginação fervorosa apareciam incessantemente os grandes olhos negros da beldade. Eles o seguiram nos sonhos também; mas, fosse por um pressentimento obscuro, fosse pela agitação que corria em seu sangue, os sonhos sempre terminavam de forma estranha. Ora, ele passeava por um gramado verde; duas florezinhas de lindas cores cresciam à sua frente; mas assim que ele tocava a haste para colhê-las, uma serpente negra, negra, erguia-se de súbito e salpicava as flores com veneno. Ora, ele olhava no espelho de um lago transparente, no fundo do qual brincavam dois peixinhos dourados perto da borda; mas logo que ele abaixava a mão para alcançá-los, um terrível monstro anfíbio o despertava. Em um terceiro sonho, ele caminhava à noite sob o céu perfumado de verão, e no alto brilhavam duas estrelinhas inseparáveis; mas ele nem tinha tempo para admirá-las, pois via surgir uma mancha negra no oeste escuro que, crescendo como uma longa serpente de nuvens, devorava as estrelas. Toda vez que essas visões interrompiam o sonho, involuntariamente um pensamento inquieto assaltava Varfolomei; mas em pouco tempo os olhos negros voltavam a prevalecer, até que um novo horror interrompesse seu sonho fascinante. Apesar de tudo isso, Pável dormiu até meio dia e acordou mais alegre que nunca. As onze horas restantes, como costuma acontecer, pareceram-lhe uma eternidade. Nem havia escurecido e ele já rondava a casa da condessa. Não se recebia ninguém naquela noite, e não haviam acendido as luzes na entrada principal; apenas uma luz fraca tremeluzia em um canto distante. "É ali que me espera minha adorada" — pensava

Pável para si, e sua alma se afundava por antecipação no prazer.

Lentamente soaram as 11 horas na torre da Duma, e Pável, voando nas asas do amor... Mas vou suspender aqui minha pintura e, à maneira dos melhores escritores clássicos e românticos da Antiguidade, da Idade Média e da Modernidade, deixo para o leitor completá-la com o acervo de sua própria imaginação. Para ser breve e claro: Pável pensava já saborear o deleite... quando de repente alguém bateu suavemente na porta do gabinete; a condessa, abriu, embaraçada; uma criada particular entrou anunciando que alguém na porta de serviço precisava ver o jovem senhor urgentemente. Pável, irritado, mandou dizer que não tinha tempo, hesitou, saiu para a antessala e foi informado que o desconhecido saíra naquele minuto. Ele voltou para sua amada:

— Nada vai me separar de você — disse, apaixonadamente. Mas eis que batem outra vez, e entra a criada repetindo a mensagem.

— Diga a esse desconhecido que vá para o diabo — gritou Pável, batendo o pé — senão, vou matá-lo.

Ele saiu e escutou que o homem havia acabado de ir embora; correu para a escadaria do pátio, mas nada se mexia por lá; somente os flocos de neve caíam silenciosamente. Pável xingou os criados, proibiu a entrada de quem quer que fosse e voltou ainda mais ardente para a agitada condessa; mas, passados alguns minutos, alguém bateu à porta pela terceira vez, ainda mais forte e por mais tempo.

— Não, chega! — gritou, fora de si de raiva — eu pego esse fantasma; deve ser uma brincadeira. — Correndo para a antessala, viu a barra de uma capa que rapidamente se escondeu atrás de uma porta fechada; jogou seu capote nas costas à toda pressa, agarrou a bengala, correu para o quintal e ouviu o som do portão bater rapidamente atrás de alguém.

— Pare, pare, quem é você? — gritou Pável atrás dele e, saltando para a rua, viu de longe um homem alto que parecia parar e acenar para que o acompanhasse e sumiu em um beco. Pável seguiu-o impaciente, e parecia que ia alcançá-lo; mas o outro parou novamente ao lado da rua, acenou e desapareceu. Dessa forma, o jovem seguiu o desconhecido de rua em rua, de viela em viela, e por fim encontrou-se atolado até os joelhos em um monte de neve, entre casinhas baixas, numa encruzilhada que ele nunca havia visto na vida. O estranho havia desaparecido sem deixar rastro. Pável estava estupefato e, devo admitir, não é nada invejável descobrir-se na neve, depois de correr por algumas verstas, no quinto dos infernos e já alta noite. O que fazer? Continuar andando? Ele se perderia. Bater na porta dos vizinhos? Não acordariam. Para a alegre surpresa de Pável, apareceu um trenó.

— Vanka! — gritou — Leve-me para casa, na rua tal.

O obediente Vanka o conduziu por sabe Deus que lugares; neve rangia sob o as lâminas do trenó; a lua, à maneira de Jukóvski, iluminava traiçoeiramente o caminho dos viajantes entre as nuvens fugazes. Mas andaram por muito, muito tempo, por lugares absolutamente desconhecidos; por fim, saíram da cidade por completo. Naturalmente, vieram à mente de Pável todas as antigas histórias sobre cadáveres encontrados em Volkov Polie, de cocheiros que esfaqueavam seus passageiros, e assim por diante.

— Para onde você está me levando? — perguntou com uma voz firme. Não houve resposta. Ali, à luz da lua, ele queria dar uma olhada na placa de identificação do cocheiro, mas, para sua surpresa, descobriu que ela não mostrava nem escritório, nem o bairro; apenas um grande número de forma e brilho estranhos, escrito nº 666, o número do apocalipse, como mais tarde se lembrou.

Confirmada a suspeita de que caíra em mãos pouco recomendáveis, nosso jovem repetiu ainda mais alto a pergunta anterior e, sem receber resposta, bateu a bengala nas costas do cocheiro com toda força. Mas qual não foi seu horror quando este golpe produziu um som de ossos se chocando, quando o suposto cocheiro, voltando a cabeça, mostrou-lhe um rosto de caveira e quando este rosto, mostrando os dentes de maneira apavorante, falou com uma voz incompreensível:

— Cuidado, meu jovem; você não está lidando *com um igual*.

O infeliz rapaz só teve forças para fazer o sinal da cruz, movimento a que seu braço já há muito se desacostumara. Então, o trenó virou; uma gargalhada selvagem ressoou e um terrível turbilhão rapidamente varreu a rua. Carruagem, transporte e cavalo — tudo se confundiu com a neve, e Pável ficou completamente só, quase morto de medo fora dos portões da cidade.

No dia seguinte, o jovem ficou prostrado na cama em seu quarto, esgotado. A seu lado estava um bom lacaio, já idoso, que, segurando a mão mole de seu senhor, se voltava várias vezes para secar as lágrimas que furtivamente se acumulavam em seus olhos fracos.

— Senhor, senhor — dizia — eu bem que falei à Vossa Senhoria, não dá certo ficar zanzando por aí de madrugada. Por onde o senhor desapareceu? O que lhe aconteceu?

Pável não o ouvia: ora, passava um tempo com os olhos fixos em um canto; ora, caía em torpor e, semiacordado, tremia e ria; ora, saltava da cama um louco, chamava um nome de mulher e jogava o rosto no travesseiro outra vez.

— Pobre Pável Ivánovitch! — pensava para si o criado — que o Senhor o perdoe, está claramente fora de si — e, em um ímpeto de benevolência, correu para buscar um médico no primeiro instante oportuno. O médico balançou a cabeça ao ver que o doente não reconhecia quem estava ao seu redor, e sentiu seu pulso febril. Os sintomas externos se contradiziam e era impossível deduzir qualquer coisa sobre a doença; tudo levava a crer que a causa estava na alma e não no corpo. O paciente não se lembrava de quase nada do que havia acontecido; sua alma parecia ter sido atormentada por uma espécie de premonição terrível. O médico, convencido pelo fiel lacaio, não arredou pé da cama do jovem o dia inteiro. De tarde, a condição do paciente ficou desesperadora; ele se contorcia, chorava, torcia as mãos, falava sobre Vera e a Ilha de Vassili, pedia ajuda a Deus sabe quem, agarrava o chapéu, se jogava em direção à porta; os esforços conjuntos do médico e do criado mal chegavam a contê-lo. Esta crise terrível continuou até depois da meia-noite; de repente, o paciente se acalmou e começou a ficar melhor; mas suas forças físicas e mentais estavam completamente extenuadas pela luta; ele afundou num sono mortal, depois do qual recomeçou a crise anterior.

O ataque dominou o jovem por três dias inteiros, nem sempre com a mesma intensidade; na terceira manhã, começando a se sentir um pouco mais forte, Pável se levantou da cama quando foi informado que, na antessala, esperava a velha criada da viúva. O coração não pressentia nada de bom. Ele saiu; a velha chorava copiosamente.

— E agora? Mais uma desgraça! — disse Pável,

aproximando-se dela — não me atormente, querida; fale tudo de uma vez.

— A senhora partiu desta para uma melhor. — respondeu a velha — E sabe Deus quanto tempo resta para a senhorita.

— Como? Vera? O quê?

— Não vamos gastar palavras, jovem senhor: a senhorita precisa de ajuda. Vim andando a duras penas. Se o senhor tem um bom coração, venha agora mesmo encontrá-la: está na casa do padre na Igreja de Santo André.

— Na casa do padre? Por quê?

— Pelo amor de Deus, vista-se, o senhor logo vai saber.

Pável cobriu-se e saiu a galope para a Ilha de Vassili.

Da última vez em que havia visto Vera e sua mãe, a viúva já sofria de uma doença que, por sua idade avançada, deixava pouca esperança de cura. Pobre demais para chamar um médico, ela recorria unicamente aos conselhos de Varfolomei que, entre outros conhecimentos, vangloriava-se de ter uma certa familiaridade com a medicina. Era incansável: ele achava tempo para consolar Vera, cuidar da doente, ajudar a criada e ir buscar remédios, que trazia às vezes com tamanha rapidez que Vera, assombrada, se perguntava onde ele havia encontrado uma farmácia tão próxima. Os remédios trazidos por ele, embora não ajudassem muito a doente, sempre a deixavam mais alegre. E, estranhamente, quanto mais perto ela chegava do caixão, maior era a firmeza com que seus pensamentos se cravavam na vida. Ela dormia e sonhava com sua convalescença; com seus filhos Varfolomei e Vera se casando e começando uma vida feliz; temia que a casinha fosse muito apertada para a futura família, se perguntava se conseguiriam encontrar outra mais perto da cidade, e assim por diante. A inexpressividade opaca da morte luzia em seus olhos quando ela chamou os futuros noivos para a cabeceira de seu leito e disse com um sorriso um tanto impróprio:

— Não tenha vergonha, minha Vera, beije o seu noivo; temo perder a vista e logo já não poderei ver a felicidade de vocês.

Enquanto isso, a mão da morte pesava cada vez mais sobre a velha; a vista e a memória enfraqueciam de hora em hora. Não se notava tristeza em Varfolomei; talvez os próprios afazeres ou a correria incessante o estavam ajudando a distrair-se. Já Vera se inquietava pensando na mãe e em si mesma. Mas qual noiva não tem medo antes do casamento? Porém, ela tentava acalmar-se de todas as maneiras. "Pequei diante de Deus", pensava a menina, "não sei por que pensei de início que Varfolomei era uma pessoa má, diabólica. Ele é muito melhor do que Pável; veja como cuida da mamãe. O pobre, não poupa nem a si mesmo; não deve ser tão mau". De repente, seus pensamentos se turvaram. "Ele tem um temperamento rude", dizia para si mesma, "quando não quero uma coisa e digo a ele: 'Varfolomei, pelo amor de Deus, faça isso', ele começa a tremer e fica pálido. Mas a verdade", continuava Vera, enxugando com o mindinho uma lágrima em sua face, "é que eu mesma não sou um anjo; cada um com sua cruz e seus vícios; eu vou ajudá-lo a se corrigir, e ele a mim".

Então, em sua mente apareceram novas dúvidas. "Ele parece ser rico; mas será que conseguiu sua renda honestamente? Isso eu consigo descobrir, afinal, ele me ama." Assim, a boa e inocente Vera se consolava; enquanto isso, sua mãe ficava cada vez pior. Vera comunicou seu medo à

Varfolomei, e chegou a perguntar se não deviam chamar o confessor. Ele se irritou e respondeu severamente:

— Quer acelerar a morte da mamãe? É a melhor forma. A doença é grave, mas ainda não é um caso desesperado. O que a mantém? A esperança de curar-se. Se chamamos o pope,[4] tiramos sua última esperança.

A tímida Vera concordou, sufocando a voz secreta de sua alma. Mas neste dia — e repare que foi no dia seguinte ao fatídico encontro entre Pável e a encantadora condessa — o sábio coração da filha sentiu o perigo com bastante clareza. Ela chamou Varfolomei e lhe disse com voz decidida:

— Por nosso Senhor, eu suplico, não deixe mamãe morrer sem se confessar; só Deus sabe se ela viverá até amanhã. — E caiu na cadeira, se afogando em lágrimas. O que aconteceu então com Varfolomei? Seus olhos corriam de um lado para outro, sua testa se cobriu de suor, ele se esforçou para falar algo e não conseguia articular as palavras.

— Covardia de mulherzinha. — murmurou por fim — Você não tem fé em nada. A senhora não acredita em meus conhecimentos de medicina... Espere... Tenho um conhecido que é médico, ele sabe mais do que eu... Pena que vive longe.

Assim, ele agarrou a mão da moça e, levando-a precipitadamente até a janela, mostrou o céu, sem erguer seus próprios olhos:

— Veja; ainda não terá aparecido a primeira estrela quando eu voltar, e então decidimos; prometa-me apenas que não chamará o confessor quando eu sair.

— Prometo, prometo.

---

[4] O sacerdote, na religião cristã ortodoxa russa.

A CASINHA SOLITÁRIA NA ILHA DE VASSILI

Então, soltando um suspiro prolongado, ele saiu do quarto.

— Vá depressa! — gritou Vera, lançando-se para a porta; em seguida ela se voltou, olhou uma vez mais com um enternecimento de indescritível tristeza Varfolomei que estava plantado no chão e, acenando para ele, repetiu:

— Vá depressa, pelo amor de Deus, por amor a mim. — Varfolomei desapareceu.

Aos poucos, o horizonte de inverno cobria-se de nuvens e, na doente, vida e agonia travavam pela última vez um duelo mortal. Começou a nevar; rajadas de vento faziam estalar as janelas. Ao menor estalido da neve, Vera corria para a janela para ver se Varfolomei estava voltando; mas apenas um gato miava, uma gralha bicava o portão, e o vento abria e fechava a cancela com um estrondo. A noite chegou antes do tempo com sua cortina negra; nada de Varfolomei, e na abóbada do céu nem uma estrela brilhava. Vera decidiu mandar a velha criada buscar o confessor; ela levou muito tempo para voltar, e não é de se admirar, já que não havia nenhuma igreja mais próxima que a de Santo André. Mas a cancela estalou e, em vez da cozinheira, apareceu Varfolomei, pálido e abalado.

— O quê? Não há esperança? — sussurrou Vera

— Pouca — disse ele com uma voz abafada — fui falar com o médico; ele vive longe, sabe muito...

— O que foi que ele disse, pelo amor de Deus?

— Para que você quer saber agora? Já está na hora de chamar o pope. Ah! Vejo que você já mandou chamar... É isso mesmo! — disse ele com certa aspereza, na qual transparecia o desespero.

Depois de algum tempo, já era alta noite, e a velha criada voltou se arrastando com a notícia de que o padre não estava em casa mas que, quando voltasse, diriam para ele vir imediatamente ver a moribunda. Decidiram preveni-la quanto a isso.

— Estão loucos, meus filhos — disse ela fracamente — não é possível que eu esteja tão mal. Vera! Por que está soluçando? Levem a lâmpada; o sono me restabelecerá.

A filha beijava a mão da mãe, e Varfolomei passou o tempo todo à distância em silêncio, fitando a doente com olhos que, sob a trepidação da lâmpada, brilhavam como carvão.

Vera e a cozinheira rezavam de joelhos. Varfolomei, torcendo as mãos, andava sem parar na antecâmara, reclamando de sentir-se febril. Depois de meia hora, ele entrou no quarto e saiu correndo como um louco com a notícia:

— Está tudo acabado!

Não tentarei descrever o que sentiu Vera neste minuto. Mas a força de seu espírito era extraordinária.

— Senhor! Foi feita sua vontade! — disse, erguendo as mãos para o céu; quis andar, mas sua força física sumiu. Ela se deixou cair na poltrona meio morta, e haveria morrido se uma súbita torrente de lágrimas não tivesse aliviado seu peito opresso. Enquanto isso a velha criada, chorando desesperadamente, lavou o cadáver, pôs uma vela na cabeceira e foi pegar o ícone; mas, fosse por cansaço, fosse por qualquer outra razão, cedeu a um sono irresistível. Neste minuto, Varfolomei foi até Vera. Ela estava tão encantadora em sua tristeza que era de amolecer o coração do próprio diabo.

— Você não me ama — ele exclamou, apaixonadamente — com sua mãe, perdi o único apoio que tinha em seu coração.

Seu desespero apavorou a moça.

— Não, eu te amo — respondeu ela, tímida. Ele caiu aos seus pés

— Jure — disse — jure que você é minha, que ama a mim mais do que à sua alma.

Vera nunca esperaria tamanha paixão de um homem tão frio.

— Varfolomei, Varfolomei — disse com tímida ternura — esqueça suas ideias pecaminosas nesta hora terrível; quando enterrarem a mamãe, quando o padre nos abençoar na igreja, eu jurarei...

Varfolomei não a escutou e, como se delirasse, começou a dizer absurdos: assegurou que tudo isso era um ritual vazio, que duas pessoas que se amam não precisam disso, chamou-a para ir com ele a uma propriedade distante, prometeu cobri-la de um brilho principesco, abraçou seus joelhos em lágrimas. Ele falou com tal paixão, com tal ardor que todos os milagres que descrevia pareceram verossímeis naquele momento. Vera já sentia sua firmeza vacilar, mas o perigo lhe despertou a força de espírito; ela se livrou e correu para a porta do quarto, onde pensava encontrar a criada; Varfolomei impediu sua passagem e falou, já com afetada frieza, mas com olhos cruéis:

— Escute, Vera, não seja teimosa; você não conseguirá despertar nem a criada, nem sua mãe; nenhuma força te protegerá do meu poder.

— Deus é o defensor dos inocentes. — gritou a pobre moça, e lançou-se de joelhos diante do crucifixo, desesperada.

Varfolomei ficou petrificado; seu rosto refletia um ódio impotente.

— Se é assim — devolveu ele, mordendo o lábio — se

é assim... É claro que não posso fazer nada a você; mas obrigarei sua mãe a deixá-la obediente.

— Ela está sob seu poder, então? — perguntou a moça.

— Veja — respondeu ele, cravando os olhos na porta semiaberta do quarto. Pareceu a Vera que dois jatos de fogo saíam de seus olhos e era como se a morta, da tremulação das velas quase apagadas, erguesse um pouco a cabeça com indescritível sofrimento, e acenasse para Vera com sua mão ressequida na direção de Varfolomei. Neste momento, Vera viu com quem estava lidando.

— Que renasça o Senhor! E desapareça, maldito! — gritou, reunindo toda a força de seu espírito, e desabou inconsciente.

Neste minuto, foi como se um tiro de canhão despertasse a criada adormecida. Ela voltou a si e para seu horror viu que a porta estava escancarada, o quarto cheio de fumaça e uma chama azul se espalhava pelo espelho e pelas cortinas que a morta recebera de presente de Varfolomei. Seu primeiro movimento foi agarrar um jarro de água que estava em um canto e jogá-lo sobre o chão; mas o fogo começou a se mover com fúria redobrada e chamuscou os cabelos grisalhos da cozinheira. Ela correu enlouquecida para o outro quarto, aos gritos:

— Fogo, fogo!

Ao ver sua senhora no chão sem sentidos, tomou-a nos braços e, com toda força que o medo provavelmente lhe havia dado, arrastou-a para a ponte depois do portão. Não havia nenhuma casa vizinha, não havia onde procurar ajuda; até que ela esfregasse as têmporas da senhorita meio morta com neve, as chamas surgiram das janelas, da chaminé e sob o telhado. Vendo o brilho do incêndio, apareceu uma brigada policial com baldes; mangueiras de incêndio não eram comuns ainda. Reuniu-se uma multidão de espectadores, e entre eles o vigário da igreja de Santo André, que estava vindo para dar a extrema unção. Ele não se dava particularmente bem com a falecida, e a considerava uma mulher estúpida. Mas amava Vera, escutara de sua filha muitas coisas boas sobre ela e, compadecendo-se da desgraça, prometeu recompensar os bombeiros se conseguissem retirar o corpo para ao menos dar à morta um enterro cristão. Mas não foi possível. O fogo, espalhado pela nevasca, afrontava toda a ação da água e todo o esforço humano. Um jovem cabo mais ousado pensou em entrar no quarto para tirar o cadáver, mas depois de um minuto saiu, horrorizado. Ele contou que havia conseguido alcançar o quarto mas, quando tentou se aproximar da cabeceira da morta, a carranca do capeta saltou em cima dele, parte do teto tinha desabado com um terrível estrondo, e só a graça extraordinária de São Nicolau Milagreiro protegeu a cabeça sobre seus ombros, por uma promessa de colocar imediatamente uma vela de meio rublo diante da sua imagem. Os expectadores fofocavam que ele era um covarde, e que havia confundido uma viga caída com o demônio; mas o cabo manteve-se firme em suas convicções, e até o fim da vida pregou nas tabernas que um dia havia visto com os próprios olhos a encarnação do cão, com rabo, chifre e um narigão curvado, que ele usava para abanar o fogo, feito um fole de ferreiro.

— Não, irmãos; que Deus os livre de ver o coisa-ruim.— Com essa eloquente expressão nosso herói sempre terminava sua história, e o proprietário, em recompensa à sua coragem e à profunda impressão que o relato causava sobre a plateia ilustrada, presenteava-o com um copinho cheio da melhor vodca da casa.

E assim, apesar de todos os esforços da brigada, a cujo

empenho ativo neste caso a posteridade deve fazer plena justiça, a casinha solitária na Ilha de Vassili foi queimada até a fundação, e no terreno onde ela ficava, não sei por que, até hoje não foi construído nada. A serva idosa, com ajuda do vigário e dos outros clérigos da paróquia, reanimou Vera de seu desmaio e conseguiu-lhe refúgio na casa do respeitável pastor. O incêndio aconteceu tão inesperadamente e suas circunstâncias eram tão estranhas que a policia achou necessário promover uma investigação detalhada sobre ele. Mas, como a velha não podia ser suspeita, e Vera menos ainda, deduziu-se que o incendiário só podia ser Varfolomei. Descreveram seus traços, procuraram por ele de modo aberto e secreto, não só em todos os bairros, mas em todo o distrito de Petersburgo; foi tudo em vão. Não acharam nem vestígio dele, o que foi ainda mais surpreendente, pois no inverno não há barcos e, consequentemente, ele não teve de forma alguma a possibilidade de escapar para outro país em um navio estrangeiro. Não se sabe a que conduziria uma investigação longa; mas o vigário, que amava Vera com toda a alma e não sabia a que profundidade podia se estender a relação entre os dois, sensatamente empregou sua influência para acabar de vez com o caso e evitar que dessem grande importância a ele.

Dessa forma, Pável, a quem mandaram buscar no terceiro dia, durante o caminho foi informado pela velha criada a respeito da série de acontecimentos infelizes. Ao chegar na casa do padre Ioann, encontrou sua jovem prima doente. A família hospitaleira convidou-o a ficar até a recuperação da moça. Nosso jovem frágil havia passado por tantos abalos emocionais em tão pouco tempo, e suas causas ocultas permaneciam em uma obscuridade tão terrível, que isso produziu um efeito indelével sobre sua mente e seu caráter. Ele se recompôs, e muitas vezes caía num profundo estado de meditação. Esqueceu-se tanto do encanto da condessa misteriosa quanto da alegria impetuosa da juventude, ambas irremediavelmente ligadas a consequências tão perniciosas. Sua única prece era para que Vera se curasse, e ele pudesse ser para ela o modelo de marido correto. Nos momentos em que estavam a sós, ele sempre propunha esta ideia; mas ela, apesar de demonstrar ter por ele uma confiança fraternal, rejeitava com invariável firmeza:

— Você é jovem, Pável — dizia ela — e eu já perdi a juventude. Logo me levarão para o túmulo, e lá talvez nosso Senhor misericordioso me envie perdão e paz.

Este pensamento não abandonava Vera nem por um instante; ela, ao que parece, era atormentada pela secreta convicção de que sua fraqueza permitira ao malfeitor causar a perdição da mãe, talvez — quem sabe? — até na outra vida. Nenhum tratamento médico podia recuperar nem sua alegria nem sua saúde. O frescor de suas faces se havia desvanecido — seus olhos celestes haviam perdido a antiga vivacidade, mas ainda tinham uma expressão da lânguida tristeza que oprimia sua bela alma.

A primavera ainda não chegara para enfeitar os prados com um novo verde quando esta florzinha, que prometera um desenvolvimento espetacular, escondeu-se para sempre no seio da natureza que tudo aceita.

Deve-se supor que antes da morte, Vera confiou, não só a seu pai espiritual, mas também a Pável todas as circunstâncias do último ano de sua vida que só eram conhecidas por ela. Quando faleceu, o jovem não chorou nem demonstrou tristeza. Mas logo depois ele deixou a capital e, acompanhado do servo idoso, instalou-se em uma propriedade distante. Lá, ele adquiriu a reputação de excêntrico em toda a redondeza e, de fato, mostrava sinais de loucura. Depois de sua chegada, não só os vizinhos, mas a maior parte dos camponeses e criados nunca mais o viu. Ele deixou crescer a barba e o cabelo, não saiu do escritório por três meses; a maior parte das vezes dava suas ordens por escrito e, além disso, quando colocavam na sua mesa um papel para assinar, acontecia que, em vez de seu nome, ele devolvia a folha com uma outra assinatura estranha. Não podia ver mulheres e, à eventual aparição de um homem alto e loiro com olhos azuis, tinha espasmos e ataques de fúria. Uma vez, andando como de costume pela sala, ele chegou perto da porta ao mesmo tempo em que Lavrenti a abria inesperadamente para informar-lhe algo. Pável pôs-se a tremer:

— Foi você, e não eu quem a matou — disse abruptamente, e uma semana depois pediu perdão ao velho lacaio por havê-lo empurrado de maneira tão imprudente que quase lhe quebrara o pescoço.

— Depois disso — dizia Lavrenti — eu sempre bato na porta primeiro, e depois entro com o anúncio para Sua Senhoria.

Pável morreu muito antes de atingir a velhice. A história dele e de Vera é conhecida por algumas pessoas da classe média de Petersburgo, que a contaram para mim. Mas, respeitáveis leitores, vocês podem julgar melhor do que eu se é possível acreditar neste conto, e de onde os demônios tiram esse desejo de se intrometer nos assuntos humanos, quando ninguém os chama.

Titov Kosmokratov

DO EDITOR

Ao ASSUMIR os trabalhos da edição dos contos de I.P. Biélkin, ora oferecidas ao público, desejávamos anexar a eles uma biografia, ainda que curta, do falecido autor, e assim satisfazer em parte a justa curiosidade dos amantes das letras pátrias. Para tal, dirigimo-nos a Maria Alekséievna Trafilina, parente mais próximo e herdeira de Ivan Pietróvitch Biélkin; mas, infelizmente, ela não pode fornecer nenhuma notícia do dito cujo, pois o defunto lhe era inteiramente desconhecido. Aconselhou-nos a tratar de tal assunto com um honrado cavalheiro, velho amigo de Ivan Pietróvitch. Tomamos seu conselho e recebemos por carta nossa desejada resposta, como segue. Reproduzimo-la sem qualquer alteração ou comentário, como precioso monumento a uma nobre mentalidade e a um comovente laço de amizade e, ao mesmo tempo, uma notícia biográfica perfeitamente satisfatória.

Meu bom senhor ** **!

Aos 23 do mês corrente tive a honra de receber vossa respeitosíssima carta, postada aos 15 do mesmo mês, na qual o senhor manifesta o desejo de obter notícias detalhadas sobre o nascimento e a morte, o serviço militar e as circunstâncias domésticas, assim como as ocupações e o temperamento do falecido Ivan Pietróvitch Biélkin, outrora meu amigo sincero e vizinho de propriedade. Com grande prazer satisfaço vossa vontade e encaminho, meu bom senhor, tudo o que de suas conversas, assim como de minhas próprias observações, consigo lembrar.

DO EDITOR

Ivan Pietróvitch Biélkin nasceu de pais nobres e honrados ao ano de 1798 no povoado de Goriúkhino. Seu falecido pai, o segundo-major Piotr Ivánovitch Biélkin, havia contraído matrimônio com a donzela Pelagueia Gavrílovna da casa dos Trafilins. Não era um homem rico, mas era comedido e bastante sagaz no tocante ao patrimônio. Seu filho recebeu as primeiras letras do amanuense da aldeia. A este respeitável cavalheiro ele devia, ao que parece, o apreço pela leitura e os exercícios no âmbito das belas-letras russas. No ano de 1815, alistou-se no Exército como caçador no regimento de Infantaria (não me recordo o número), no qual permaneceu até o ano de 1823. A morte de seus pais, ocorrida quase ao mesmo tempo, obrigou-o a pedir dispensa e voltar ao povoado de Goriúkhino, seu torrão natal.

Ao assumir a administração da propriedade, Ivan Pietróvitch, em razão de sua inexperiência e de seu coração mole, logo descuidou da economia e afrouxou a severa ordem estabelecida por seu finado pai. Trocou o estaroste[1] aplicado e expedito, com o qual seus camponeses (por costume) estavam descontentes, e incumbiu a administração do povoado à sua velha governanta, que adquirira sua confiança pela arte de contar histórias. Essa velha tola nunca soube distinguir uma nota de vinte e cinco rublos de uma de cinquenta; os camponeses, de todos os quais ela era comadre, não a temiam de forma alguma; o novo estaroste eleito por eles mostrava-se tão condescendente, aproveitando para fazer das suas, que Ivan Pietróvitch foi forçado a abolir a corveia e instituir um tributo extremamente moderado; mas mesmo assim os camponeses, aproveitando-se de sua fraqueza, tanto pediram que no primeiro ano acabaram conseguindo isenção, e nos

[1] Na Rússia, o líder de uma comunidade.

anos seguintes pagavam mais de dois terços em castanhas, mirtilo e assim por diante; e sempre a menos.

Como amigo do falecido pai de Ivan Pietróvitch, considerava meu dever oferecer também ao filho meus conselhos, e reiteradamente me ofereci para restaurar a antiga ordem de que ele descuidara. Fui uma vez à sua casa com este propósito, exigi os livros de contas, chamei o tratante do estaroste e, na presença de Ivan Pietróvitch, dediquei-me ao exame do referido livro. O jovem proprietário, no começo, seguiu-me com toda atenção e aplicação possível; mas como se verificou pelas contas que nos últimos dois anos o número de camponeses aumentara, enquanto o número de aves e gado doméstico obviamente diminuíra, Ivan Pietróvitch contentou-se com estas primeiras informações e não me escutou mais; e no exato minuto em que, com minhas investigações e minhas severas interrogações, coloquei o tratante do estaroste em extrema confusão e forcei-o a um perfeito silêncio, para minha grande irritação escutei o sólido ronco de Ivan Pietróvitch em sua cadeira. Desde então parei de intrometer-me na administração de sua propriedade e deixei seus assuntos (como ele mesmo os deixou) aos cuidados do Todo-Poderoso.

Tal ocorrência não abalou de forma alguma, aliás, nossas relações de amizade; pois eu, apesar de compadecer-me de sua fraqueza e de sua perniciosa negligência, traço comum aos nossos jovens nobres, amava sinceramente Ivan Pietróvitch; e seria mesmo impossível não amar um jovem tão dócil e honrado. De sua parte, Ivan Pietróvitch demonstrava consideração por meus anos e era de todo coração apegado a mim. Até seu falecimento, me encontrava quase todo dia por apreço à minha palestra simples, ainda que nem nossos hábitos, nem nosso modo de pensar, nem nosso temperamento na maior parte das vezes se assemelhassem.

Ivan Pietróvitch levava uma vida das mais comedidas, e evitava toda sorte de excessos: nunca me aconteceu de vê-lo um pouco alegre (o que, em nossa terra, pode-se considerar um milagre sem precedentes), e, para o belo sexo, mostrava grande inclinação, mas seu pudor era o de uma verdadeira donzela.[2]

Além de suas histórias, sobre as quais vossa carta teve a honra de lembrar, Ivan Pietróvitch deixou grande quantidade de manuscritos, que estão em parte comigo, a outra parte foi usado por sua governanta para variados fins domésticos. Dessa forma, no inverno passado todas as janelas de sua casinha dos fundos foram vedadas com a primeira parte de um romance que ele não terminou. Os supracitados contos eram, ao que parece, seus primeiros experimentos. Em sua maior parte, como sempre falava Ivan Pietróvitch, eram relatos verídicos e ele os havia escutado de diferentes pessoas.[3] Quase todos os nomes, no entanto, foram inventados por ele próprio; quanto aos nomes dos povoados e das aldeias, tomou-os de empréstimo de nossa vizinhança, e é por este motivo que até minha aldeia é mencionada em algum lugar. Isso não aconteceu por má fé; foi unicamente por falta de imaginação.

Ivan Pietróvitch caiu enfermo no outono de 1828, com

[2] Segue uma anedota, que não colocamos por considerá-la supérflua; entretanto, asseguramos ao leitor que não consiste em nada de repreensível à memória de Ivan Pietróvitch Biélkin. [N. do A.]

[3] De fato, nos manuscritos do sr. Biélkin, sobre cada história há uma nota com a letra do autor: escutado por mim de tal pessoa (segue a posição ou a patente e o título e as iniciais do nome e sobrenome). Copiamos para os exploradores curiosos: "O chefe da estação" foi contado pelo conselheiro titular A.G.N., "O tiro" pelo tenente-coronel I.L.P., "O fazedor de caixões" pelo intendente B.V., "A nevasca" e "A senhorita camponesa" pela donzela K.I.T. [N. do A.]

um resfriado que se transformou em febre alta, e morreu, não obstante o incansável esforço de nosso médico de província — homem extremamente hábil, sobretudo no tratamento de doenças arraigadas como calos e quejandos. Ele finou-se em meus braços no seu trigésimo ano de existência e foi enterrado na igreja do povoado de Goriúkhino, perto de seus falecidos pais.

Ivan Pietróvitch possuía estatura mediana, olhos azuis, cabelos loiros, nariz reto; seu rosto era pálido e afilado.

Eis, meu bom senhor, tudo o que posso recordar referente ao modo de viver, às ocupações, ao temperamento e à aparência de meu falecido amigo e vizinho. Mas caso o senhor haja por bem fazer qualquer uso de minha carta, peço mui encarecidamente que de forma alguma mencione meu nome; pois, ainda que eu muito respeite e estime os autores, creio que receber este título seria excessivo e, na minha idade, indecoroso. Com sincero respeito etc.

16 de novembro de 1830
Povoado de Nenarádovo

Considerando nosso dever cumprir a vontade do honrado amigo de nosso autor, professamos a ele profunda gratidão pelo fornecimento dessas notícias e esperamos que o público leitor aprecie sua sinceridade e bom coração.

A.P.

A NEVASCA

> Cavalos galopam aos solavancos,
> Pisoteiam a neve profunda...
> Eis ao lado, solitário,
> o templo de Deus.
> De repente, um pouco de neve rodopia;
> A nevasca desaba em flocos;
> Um corvo negro, de asas sibilantes
> Sobrevoa o trenó
> Um profético gemido anuncia dor!
> Os cavalos, apressados,
> Observam atentos a negra vastidão,
> E elevam as crinas...
>
> Jukóvski

No fim do ano de 1811, numa época para nós memorável, vivia em sua propriedade em Nenarádovo o bom Gavrila Gavrílovitch R***. Célebre nas redondezas pela hospitalidade e cordialidade; recebia os vizinhos que iam a todo instante à sua casa para comer, beber e jogar *boston* a cinco copeques com sua mulher, Praskóvia Pietróvna; e também aqueles que iam para conhecer sua filha, Mária Gavrílovna, uma donzela esbelta e pálida de 17 anos. Considerada um bom partido, muitos desejavam tomá-la como esposa, para si ou para seus filhos.

Mária Gavrílovna fora educada por romances franceses e, consequentemente, estava apaixonada. O objeto de sua escolha era um pobre alferes do exército que estava de licença na aldeia. É claro que o jovem ardia com igual paixão e que os pais de sua amada, ao perceber a inclinação mútua, proibiram a filha até de pensar nele, e começaram a tratá-lo pior do que ao zassiedátel[1] aposentado.

Nossos enamorados mantinham correspondência e todos os dias se encontravam a sós no pinheiral ou na antiga capela. Lá, juravam amor eterno, lamentavam o destino e faziam várias suposições. Escrevendo e conversando assim, eles (o que é perfeitamente natural) chegaram ao seguinte raciocínio: se não podemos respirar um sem o outro, e a vontade dos pais cruéis impede nossa felicidade, será que não poderíamos deixá-la de lado? É claro que esta feliz ideia chegou primeiro à cabeça do jovem e agradou muito à imaginação romântica de Mária Gavrílovna.

O inverno começou e interrompeu seus encontros; mas a correspondência ficou ainda mais viva. A cada carta, Vladímir Nikoláievitch suplicava que se entregasse a ele e se casassem em segredo. Poderiam esconder-se por um tempo e depois atirar-se aos pés dos pais que, é claro, ao fim e ao cabo ficariam tocados pela constância heroica e pela infelicidade dos enamorados e lhes diriam, sem falta: "Crianças! Venham aos nossos braços!".

Mária Gavrílovna hesitou longamente: uma infinidade de planos de fuga foi recusada. Finalmente, concordou: no dia combinado, não jantaria e se retiraria para seu quarto com a desculpa de uma dor de cabeça. Sua criada estava na conspiração; as duas deveriam sair pela porta dos fundos, ir por trás do jardim até encontrar o trenó já preparado, sentar-se nele e andar cinco verstas desde Nenarádovo até o povoado de Jádrino, diretamente para a igreja onde Vladímir já estaria esperando.

---

[1]*Dvoriânski zassiedátel* era uma espécie de delegado da nobreza do distrito.

Na véspera do dia decisivo, Mária Gavrílovna não dormiu a noite toda; fez as malas, empacotou a roupa branca e os vestidos, escreveu uma longa carta para uma senhorita sensível, sua amiga, e outra para os seus pais. Ela se despedia deles com as palavras mais comoventes, atribuía seu erro à indomável força da paixão e terminava dizendo que abençoadíssimo seria o momento de sua vida em que lhe seria permitido lançar-se aos pés de seus adoradíssimos pais. Após lacrar as duas cartas com um sinete de Tula que trazia dois corações flamejantes e uma inscrição apropriada, lançou-se na cama pouco antes de amanhecer e cochilou; mas mesmo então, sonhos terríveis a despertavam a cada instante. Ora parecia que no mesmo minuto em que se sentava no trenó para ir casar-se, o pai a detinha e, com terrível agilidade, a arrastava pela neve e a jogava em uma cova escura e sem fundo... e ela caía vertiginosamente, com o coração inexplicavelmente desfalecido; ora, via Vladímir deitado na relva, pálido e ensanguentado. Ele, agonizante, implorava com voz estridente que se apressasse para casar-se com ele... outras visões repulsivas e absurdas esvoaçavam diante ela, uma após a outra. Finalmente, levantou-se, mais pálida do que o habitual e com uma sincera dor de cabeça. O pai e a mãe notaram sua inquietação; seus ternos cuidados e suas incessantes perguntas "O que há, Macha? Está doente, Macha?" dilaceravam seu coração. Ela esforçava-se para acalmá-los, para mostrar-se feliz, e não conseguia. Caiu a noite. A ideia de que pela última vez passava o dia em meio à família lhe oprimia o peito. Macha mal se aguentava; em segredo, despedia-se de todas as pessoas, de todos os objetos à sua volta. Foram jantar: seu coração pôs-se a bater com força. Com a voz trêmula, anunciou que não queria jantar e começou a despedir-se do pai e da mãe. Eles beijaram-na e, como de hábito, deram-lhe a bênção: por pouco ela não chorou. Ao chegar em seu quarto, lançou-se na poltrona e se desfez em pranto. A criada tentava convencê-la a acalmar-se e animar-se. Tudo estava pronto. Dentro de meia hora, Macha devia deixar para sempre a casa dos pais, seu quarto, a tranquila vida de donzela... Lá fora, a nevasca se enfurecia; o vento uivava, as folhas da janela tremiam e batiam; tudo lhe parecia uma ameaça e um presságio triste. Logo, tudo na casa acalmou-se e adormeceu. Macha cobriu-se com o xale, vestiu seu capote quente, pegou o porta-joias e saiu pelos fundos. A criada de quarto levava duas trouxas. Saíram para o jardim. A nevasca não se acalmava; o vento soprava de encontro às duas, como se quisesse impedir a jovem criminosa. A custo chegaram até o fim do jardim. Na estrada, um trenó esperava por elas. Os cavalos, enregelados, não paravam quietos; o cocheiro de Vladímir andava em frente à lança da carruagem, segurando os cavalos. Ele ajudou a fidalga e sua criada a sentarem-se e alojar as trouxas e o porta-joias, pegou as rédeas e os cavalos voaram. Entregando a senhorita aos cuidados do destino e à arte do cocheiro Teriochka, voltemo-nos ao nosso jovem apaixonado.

Vladímir passou o dia inteiro para cima e para baixo. De manhã, foi ao padre de Jádrino; a custo chegou a um acordo com ele; depois, pôs-se a procurar testemunhas entre os fazendeiros vizinhos. O primeiro que visitou foi um tenente de cavalaria[2] aposentado de 40 anos, Drávin, que concordou com gosto. Esta aventura, assegurou, fazia-o lembrar dos velhos tempos e das travessuras dos hussardos. Convenceu Vladímir a ficar para o almoço e assegurou que as outras duas testemunhas não seriam

[2]Um dos postos mais baixos da cavalaria (12ª classe).

problema. De fato, logo depois do almoço apareceram o agrimensor Schmit, de bigode e esporas, e o filho do chefe de polícia, um garoto de uns 16 anos recém-ingresso nos ulanos. Eles não só aceitaram a proposta de Vladímir como prontamente juraram sacrificar a vida por ele. Vladímir os abraçou exaltado e foi para casa aprontar-se.

Já havia começado a anoitecer há algum tempo. Ele enviou seu fiel Teriochka a Nenarádovo com sua *troika*[5] e instruções detalhadas, minuciosas; para si, ordenou que atrelassem o pequeno trenó de um cavalo e, só, sem cocheiro, dirigiu-se a Jádrino, onde dentro de duas horas devia chegar Mária Gavrílovna. A estrada lhe era conhecida, e a viagem levava apenas vinte minutos.

Mas mal Vladímir saiu da aldeia para o campo, o vento aumentou e desencadeou-se tal nevasca que não se via mais nada. Em um minuto o caminho ficou coberto de neve e os arredores sumiram na neblina amarelada e turva em que revoavam flocos brancos. O céu se confundia com a terra. Vladímir foi parar no meio do campo e em vão tentava encontrar novamente a estrada; o cavalo andava a esmo e, a todo instante, ou entrava em montes de neve ou afundava num buraco; o trenó virava a todo instante; Vladímir esforçava-se apenas para não perder o rumo. Mas parecia que já havia se passado mais de meia hora e ele ainda não chegara ao bosque de Jádrino. Cerca de mais dez minutos se passaram; ainda não se via o bosque. Vladímir percorria o campo, atravessado por valas profundas. A nevasca não diminuía, o céu não clareava. O cavalo começava a se cansar e ele suava em bicas, apesar de a todo instante afundar-se na neve até a cintura.

Finalmente, viu que estava indo para o lado errado.

---

[5] Trenó ou carruagem atrelada a três cavalos.

Vladímir parou: pôs-se a pensar, esforçou-se para lembrar, refletiu e convenceu-se de que precisava virar à direita. Foi para a direita. Seu cavalo mal andava. Estava já há mais de uma hora na estrada. Jádrino não devia estar longe. Mas ele andava, andava, e o campo não tinha fim. Só montes de neve e barrancos; a todo instante o trenó virava, a todo instante ele o levantava. O tempo ia passando; Vladímir começou a preocupar-se seriamente.

Por fim, começou a aparecer ao longe alguma coisa mais escura. Vladímir virou para lá. Aproximando-se, viu o bosque. "Graças a Deus", pensou, "agora está perto". Andou ao longo do bosque, esperando encontrar imediatamente a estrada conhecida ou dar a volta no bosque: Jádrino ficava bem atrás. Logo achou a estrada e entrou na escuridão das árvores despidas pelo inverno. O vento já não conseguia castigá-lo; o caminho estava plano; o cavalo animou-se, e Vladímir se acalmou.

Mas ele andava, andava, e não se via Jádrino; a floresta não tinha fim. Vladímir, aterrorizado, percebeu que havia entrado em um bosque desconhecido. O desespero tomou conta dele. Açoitou o cavalo: o pobre animal começou a trotar, mas foi logo perdendo o ritmo e, um quarto de hora depois, marchava passo a passo, apesar de todos os esforços do infeliz Vladímir.

Pouco a pouco as árvores começaram a rarear, e Vladímir saiu do bosque; não se via Jádrino. Devia ser por volta de meia noite. Lágrimas jorravam de seus olhos: ele andara a esmo. O tempo se acalmou, as nuvens iam se dissipando e diante dele se estendia uma planície coberta por um tapete branco e ondulado. A noite estava bastante clara. Ele viu por perto um pequeno povoado, formado por quatro ou cinco casas. Vladímir dirigiu-se até elas. Na primeira isbá, saltou do trenó, correu até a janela e começou a bater. Em alguns minutos a janela de madeira levantou-se, e um velho mostrou sua barba grisalha.

— Precisa do quê?

— Jádrino está longe?

— Se Jádrino está longe?

— Sim, sim. Está longe?

— Longe, não. Deve dar umas dez verstas.

Depois dessa resposta Vladímir agarrou os cabelos e parou imóvel, como um condenado à morte.

— E você, vem de onde? — prosseguiu o velho. Vladímir não teve ânimo para responder às perguntas.

— Será, meu velho — ele falou —, que pode arranjar para mim um cavalo até Jádrino?

— E nós lá temos cavalos? — respondeu o mujique.

— Então será que posso pegar um guia? Eu pago, o quanto ele quiser.

— Espera — falou o velho baixando a janela —, vou mandar meu filho; ele vai te levar.

Vladímir começou a esperar. Não se passou um minuto, pôs-se a bater novamente. A janela levantou-se, e a barba apareceu.

— Precisa do quê?

— E o seu filho?

— Já vem, está se calçando. Quer congelar? Entre aqui e se aqueça.

— Agradeço, mas mande logo seu filho.

O portão rangeu; o rapaz saiu com um porrete e seguiu na frente, ora apontando, ora procurando a estrada coberta por montes de neve.

— Que horas são? — perguntou Vladímir.

— Já vai nascer o dia — respondeu o jovem mujique. Vladímir não falava uma palavra.

Os galos cantavam e já estava claro quando finalmente alcançaram Jádrino. A igreja estava trancada. Vladímir pagou o guia e foi para a casa falar com o padre. Sua *troika* não estava no pátio. Que notícias esperavam por ele!

Mas voltemos aos bons senhores de Nenarádovo e vejamos que acontece por lá.

Nada.

Os velhos acordaram e foram para a sala. Gavrila Gavrílovitch, de barrete e pijama de flanela, Praskóvia Pietróvna de camisola de algodão. Prepararam o samovar, e Gavrila Gavrílovitch mandou uma criada saber de Mária Gavrílovna, como estava sua saúde e como havia repousado. A criada voltou anunciando que a senhorita dormira mal, mas que já estava melhor e que vinha agora para a sala. De fato, a porta se abriu e entrou Mária Gavrílovna para cumprimentar papai e mamãe.

— Como está sua cabeça, Macha? — perguntou Gavrila Gavrílovitch.

— Melhor, papai — respondeu Macha.

— Talvez a fumaça do forno tenha lhe feito mal ontem, Macha — falou Praskóvia Pietróvna.

— Pode ser, mamãe — respondeu Macha.

O dia passou sem sobressaltos, mas à noite Macha caiu enferma. Mandaram buscar o médico na cidade. Ele chegou à noitinha e a encontrou delirando. Começou uma forte febre, e a pobre doente passou duas semanas à beira da morte.

Ninguém na casa sabia da suposta fuga. As cartas escritas por ela na véspera haviam sido queimadas; sua criada de quarto não falava nada a ninguém, receando a cólera dos senhores. O padre, o tenente de cavalaria, o agrônomo bigodudo e o pequeno ulano eram discretos, e não de graça. O cocheiro Teriochka nunca falou nada de mais, mesmo na bebedeira. Dessa forma, o segredo era preservado por mais de meia dúzia de conspiradores. Mas a própria Mária Gavrílovna, em incessante delírio, contou seu segredo. No entanto, suas palavras eram de tal forma sem sentido que até a mãe, que não se afastava da sua cama, conseguiu entender delas apenas que sua filha estava mortalmente apaixonada por Vladímir Nikoláievitch e que, provavelmente, o amor era a causa de sua doença. Ela se aconselhou com o marido, com alguns vizinhos e, finalmente, todos decidiram por unanimidade que este, pelo visto, era o destino de Mária Gavrílovna, que casamento de imposição é de curta duração,[4] que pobreza não é defeito, que não vivemos com o dinheiro, mas com a pessoa, e assim por diante. Provérbios morais costumam ser espantosamente úteis quando não sabemos o que fazer.

Enquanto isso, a senhorita começou a se restabelecer. Vladímir há tempos não era visto na casa de Gavrila Gavrílovitch. Havia se assustado com a recepção habitual. Decidiram mandar alguém atrás dele e anunciar-lhe a inesperada felicidade: o consentimento do matrimônio. Mas qual não foi o espanto dos proprietários de Nenarádovo quando, como resposta ao seu convite, receberam dele uma carta meio maluca! Declarava que não pisaria nunca em sua casa e pedia que esquecessem do infeliz para quem a morte restava como única esperança. Em poucos dias eles souberam que Vladímir fora para a guerra. Era o ano de 1812.[5]

Por muito tempo não ousaram dar a notícia para a convalescente Macha. Ela nunca mencionava Vladímir.

[4] Antigo provérbio, literalmente: "Não se contorna o noivo prometido com cavalo".
[5] Ano em que Napoleão invadiu a Rússia.

Alguns meses já transcorridos, ao encontrar seu nome entre os que se destacaram e foram gravemente feridos na batalha perto de Borodino, ela desmaiou, e temeram a volta de sua febre. No entanto, graças a Deus, o desmaio não teve maiores consequências.

Outra tristeza lhe sobreveio: Gavrila Gavrílovitch faleceu, deixando-a herdeira de toda a propriedade. Mas a herança não a alegrou: repartiu sinceramente a tristeza com a pobre Praskóvia Pietróvna e jurou nunca separar-se dela; ambas deixaram Nenarádovo, lugar de tristes lembranças, e foram viver na propriedade de ***.

Aqui também os pretendentes rondavam o simpático bom partido; mas ela nunca deu a menor esperança a nenhum deles. Sua mãe às vezes tentava convencê-la a tomar para si um amigo; Mária Gavrílovna balançava a cabeça e ficava pensativa. Vladímir já não existia mais: morrera em Moscou, na véspera da entrada dos franceses. Sua memória parecia sagrada para Macha; pelo menos, ela guardava tudo o que podia lembrá-lo: livros outrora lidos por ele, seus desenhos, notas e poemas copiados para ela. Os vizinhos, ao saber de tudo, admiravam-se da constância e com curiosidade esperavam o herói que deveria finalmente triunfar sobre a triste fidelidade daquela virginal Artemisa.

Enquanto isso, a guerra havia terminado gloriosa. Nossos regimentos retornavam do exterior. O povo corria ao seu encontro. Nas músicas, cantavam canções dos conquistados: *Vive Henri-Quatre*, valsas tirolesas e árias da *Gioconda*. Os oficiais, saídos em campanha quase adolescentes, voltaram transformados em homens pelos ares da guerra, cheios de condecorações. Os soldados conversavam alegremente entre si, misturando a todo instante na fala palavras alemãs e francesas. Tempos inesquecíveis! Tempos de glória e êxtase! Como batia forte o coração russo diante da palavra *pátria*! Como eram doces as lágrimas do encontro! Com qual unanimidade uníamos o sentimento de orgulho nacional ao do amor ao soberano! E para ele, que momento glorioso!

As mulheres, as mulheres russas naquele tempo andavam incomparáveis. Sua frieza habitual desaparecera. Seu êxtase era um verdadeiro deleite quando, ao encontrar os vencedores, gritavam para eles: hurra!

E lançavam ao ar suas touquinhas.[6]

Qual dos oficiais daquele tempo não reconhece que a mulher russa deu a ele a melhor, a mais preciosa recompensa?

Neste tempo glorioso Mária Gavrílovna vivia com a mãe na província de *** e não viu como ambas as capitais comemoravam a volta do exército. Mas nas províncias e nos povoados o encantamento geral talvez fosse ainda maior. A aparição de um oficial nestes lugares era para eles uma verdadeira solenidade, e ter um amante de fraque[7] não era bem-visto na vizinhança.

Já mencionamos que, apesar de sua frieza, Mária Gavrílovna continuava como antes a ser rodeada por pretendentes. Mas todos tiveram que recuar quando apareceu em seu castelo um hussardo ferido, o coronel Burmin, com a cruz de São Jorge na lapela e com uma *palidez interessante*, como falavam as senhoritas locais. Tinha por volta de 26 anos. Estava de licença em sua propriedade, que ficava na vizinhança da vila de Mária Gavrílovna. Ela o distinguia muito. Quando estava com ele, normalmente sua aparência pensativa se animava. Não se pode dizer

---

[6]Referência a uma canção popular da época.
[7]Em oposição ao uniforme militar.

que ela coqueteava; mas o poeta, reparando em seu comportamento, diria:

Se amor non è, che dunque?[8]

Burmin, na verdade, era um jovem muito simpático. Possuía justamente aquele espírito que agrada às mulheres: comportado e observador, sem quaisquer pretensões e despreocupadamente brincalhão. Seu comportamento com Mária Gavrílovna era simples e desenvolto; mas não importava o que ela falasse ou fizesse, sua alma e seus olhares sempre a seguiam. Ele parecia ter um temperamento quieto e modesto, mas boatos asseguravam que outrora havia sido um terrível pândego; isto não o prejudicou na opinião de Mária Gavrílovna, que (como as jovens damas em geral) com prazer desculpava as travessuras, pois revelavam ousadia e impetuosidade de caráter.

Mas acima de tudo... (acima de sua ternura, acima das conversas agradáveis, acima da palidez interessante, acima do braço enfaixado) o silêncio do jovem hussardo acima de tudo atiçava sua curiosidade e imaginação. Ela não podia deixar de reconhecer o fato de que agradava muito a ele; provavelmente ele também, com sua inteligência e experiência, já podia ter reparado que ela o distinguia. Mas o que acontecera para que até agora ela não o tivesse visto a seus pés nem ouvido sua declaração? O que o detinha? A timidez, inseparável do verdadeiro amor, o orgulho ou coqueteria de um conquistador astuto? Era um mistério para ela. Depois de pensar bem, decidiu que só podia ser timidez; resolveu encorajá-lo com maior atenção e, vendo as circunstâncias, até com ternura. Ela preparava o desenlace mais inesperado e esperava impacientemente pelo momento da declaração de amor. O mistério, não importa de que gênero, é sempre um peso para

[8] Verso de Petrarca.

o coração feminino. Sua manobra militar obteve o êxito desejado: ao menos, Burmin caiu em tal estado de meditação e seus olhos negros paravam com tal fogo sobre Mária Gavrílovna que, aparentemente, o minuto decisivo já estava próximo. Os vizinhos falavam sobre o casamento como algo certo, e a boa Praskóvia Fiodorovna se alegrava ao ver que sua filha finalmente contrairia um matrimônio digno.

Certo dia, a velhinha estava sentada na sala, só, jogando paciência; Burmin entrou no cômodo e imediatamente perguntou por Mária Gavrílovna.

— Está no jardim — respondeu a velha — vá encontrá-la, eu espero aqui.

Burmin saiu, e a velha benzeu-se e pensou: "Oxalá este assunto acabe hoje mesmo!".

Burmin encontrou Mária Gavrílovna perto do lago, sob o salgueiro, de vestido branco e com um livro nas mãos, uma autêntica heroína de romance. Depois das primeiras perguntas ela deixou a conversa morrer de propósito; aumentava desta forma o constrangimento mútuo do qual só seria possível livrar-se com uma declaração súbita e decisiva. E assim se sucedeu: Burmin, sentindo a dificuldade da sua situação, anunciou que procurava há tempo o momento para abrir seu coração e pediu um minuto de seu favor. Mária Gavrílovna fechou o livro e baixou os olhos em sinal de assentimento.

— Eu te amo — falou Burmin —, eu te amo de paixão...

(Mária Gavrílovna ruborizou e inclinou a cabeça ainda mais baixo.)

— Agi levianamente, me entreguei a estes hábitos tão doces, de vê-la e ouvi-la diariamente...

(Mária Gavrílovna lembrou-se da primeira carta de St.-Preux.)[9]

— Agora já é tarde para opor-me ao meu destino; sua recordação, sua doce e incomparável imagem de hoje em diante serão o tormento e o prazer da minha vida; mas ainda me resta cumprir uma penosa obrigação; revelar-lhe um segredo terrível e colocar entre nós um obstáculo insuperável.

— Ele sempre existiu — interrompeu com vivacidade Mária Gavrílovna — eu nunca poderia ser sua esposa...

— Eu sei — ele respondeu em voz baixa —, eu sei que há tempos você amou alguém, mas a morte e três anos de lamentação... Minha boa, minha querida Mária Gavrílovna! Não se esforce para privar-me deste último consolo: a ideia de que você concordaria em fazer minha felicidade, se... Não fale nada, pelo amor de Deus, não fale nada. Você me martiriza. Sim, eu sei, eu sinto que você seria minha, mas... Sou a mais infeliz das criaturas... eu sou casado!

Mária Gavrílovna lançou-lhe um olhar de surpresa.

— Sou casado — prosseguiu Burmin — sou casado há quatro anos já e não sei quem é minha mulher, nem onde ela está, nem como posso encontrar-me com ela!

— De que está falando? — exclamou Mária Gavrílovna. — Como isso é estranho! Prossiga, contarei depois... mas prossiga, tenha a bondade.

— No começo de 1812 — falou Burmin — eu ia apressado para Vilna,[10] onde estava nosso regimento. Um dia, ao chegar tarde da noite a uma estação, mandei que atrelassem os cavalos quando, de repente, começou

[9]Do romance epistolar *Júlia ou a nova Heloísa*, de Jean-Jacques Rousseau.
[10]Atual capital da Lituânia. Na época, parte do império russo.

A NEVASCA

uma terrível nevasca. O chefe da estação e os cocheiros aconselharam-me a esperar que ela passasse. Eu os escutei, mas uma inexplicável inquietude apoderou-se de mim; parecia que algo me empurrava. Enquanto isso, a nevasca não se acalmava. Não aguentei; mandei atrelar novamente e fui para o meio da tempestade. O cocheiro tencionou ir pelo rio, o que devia encurtar nosso caminho em umas três verstas. As margens estavam cobertas; o cocheiro perdeu o caminho que ia dar na estrada e, dessa forma, encontramo-nos em um lugar desconhecido. A tempestade não abrandava; vi uma pequena luz e o mandei ir naquela direção. Chegamos a um povoado; havia luz na igreja de madeira. A porta estava aberta e atrás da cerca havia alguns trenós; pessoas andavam no átrio.

— Para cá! Para cá! — gritaram algumas vozes. Mandei o cocheiro aproximar-se.

— Ora, por que se atrasou? — disse-me alguém. — A noiva está desmaiada; o pope não sabe o que fazer; estávamos prontos para voltar. Saia, rápido.

Sem dizer nada, saltei do trenó e entrei na igreja, fracamente iluminada por duas ou três velas. Uma moça estava sentada em um banquinho, no canto escuro da igreja; outra esfregava suas têmporas.

— Graças a Deus — falou — finalmente o senhor chegou. Por pouco o senhor não acabou com a senhorita.

O velho pope aproximou-se de mim com uma pergunta:

— Deseja começar?

— Comece, comece, paizinho — respondi distraidamente. Levantaram a moça. Ela não me pareceu feia... Incompreensível, imperdoável leviandade... Fiquei de pé perto dela, diante da mesa;[11] o pope estava com pressa; três homens e a criada de quarto sustentavam a noiva, e se ocupavam apenas dela. Casaram-nos. "Beijem-se", nos disseram... Minha mulher voltou para mim seu rosto pálido. Eu quis beijá-la... ela deu um grito: "Ai, não é ele! Não é ele!", e caiu sem sentidos. As testemunhas dirigiram para mim olhares apavorados. Eu me virei, saí da igreja sem nenhum impedimento, lancei-me na kibitka[12] e gritei: "Vá!".

— Meu Deus! — gritou Mária Gavrílovna — e você não sabe o que aconteceu com sua pobre mulher?

— Não sei — respondeu Burmin — não sei como se chama o povoado onde me casei; não me lembro de qual estação saí. Dava tão pouca importância à minha travessura criminosa naquela época que, saindo da igreja, adormeci e acordei no dia seguinte de manhã, já na terceira estação. Meu criado, que estava então comigo, morreu em campanha e dessa forma não tenho nem esperanças de encontrar aquela de quem zombei tão cruelmente e que agora foi tão cruelmente vingada.

— Meu Deus, meu Deus! — falou Mária Gavrílovna, agarrando sua mão — era você então! E não me reconhece?

Burmin empalideceu... e se lançou aos seus pés...

---

[11]Mesa onde se colocavam a cruz, a bíblia e o ícone.
[12]Espécie de trenó coberto.

A SENHORITA CAMPONESA

Em você, Dúchenka, tudo veste bem.

Bogdánovitch[1]

EM UMA de nossas províncias longínquas se achava a propriedade de Ivan Pietróvitch Bérestov. Em sua juventude, servira na Guarda; no começo de 1797, pediu baixa, partiu para sua aldeia e desde então de lá não saiu mais. Ivan Pietróvitch foi casado com uma nobre sem dinheiro, que morreu no parto enquanto ele se encontrava num campo distante. O exercício dos negócios logo o consolou. Construiu uma casa de acordo com seu próprio projeto, montou perto uma fábrica de tecido, triplicou os lucros e começou a se achar o homem mais inteligente daquelas bandas; e, neste assunto, os vizinhos nunca o contradiziam quando vinham visitá-lo com a parentada e os cachorros. Nos dias de semana vestia uma jaqueta plissada, nos dias santos uma sobrecasaca de feltro feita lá mesmo; registrava pessoalmente seus gastos e não lia nada, a não ser o Boletim do Senado.[2] Geralmente gostavam dele, apesar de alguns acharem-no arrogante. Só Grigori Ivánovitch Múromski, seu vizinho mais próximo, não se entendia com ele. Múromski era um verdadeiro proprietário russo. Depois de simultaneamente enviuvar e torrar a maior parte de seu patrimônio em Moscou, retirou-se

---

[1] Do segundo livro de poemas de Bogdánovitch, *Dúchenka*, (1775).
[2] Jornal oficial do governo, publicado semanalmente.

para a única aldeia que lhe restava, onde continuou aprontando, mas de um outro jeito: inventou um jardim inglês, no qual gastava quase toda a renda que sobrara. Seus cavalariços andavam vestidos como jóqueis ingleses. Para a filha, arrumou preceptora inglesa. Lavrava seus campos à moda inglesa, "mas ao modo alheio não nasce o pão russo",[3] e, apesar da considerável diminuição nos gastos, a renda de Grigori Ivánovitch não crescia; até na aldeia descobriu uma maneira de contrair novas; com tudo isso, não o achavam tolo, pois fora o primeiro entre os proprietários de sua província que teve a ideia de por no prego sua propriedade no Conselho Tutelar: manobra que na época parecia extraordinariamente complexa e corajosa. Dentre todos os que o condenaram, foi de Bérestov o julgamento mais rigoroso. O ódio a novidades era seu traço característico. Não conseguia falar com indiferença da anglomania de seu vizinho e a todo minuto encontrava ocasião para criticá-lo. Mesmo quando exibia sua propriedade para um convidado, respondia aos elogios feitos a seus arranjos econômicos:

— É isso mesmo — dizia, com um risinho malicioso —, não tenho o que tem meu vizinho Grigori Ivánovitch. E lá somos capazes de nos arruinar à moda inglesa? Estamos satisfeitos em encher a barriga ao modo russo.

Estas e outras brincadeiras, graças ao empenho de vizinhos zelosos, chegavam aos ouvidos de Grigori Ivánovitch com acréscimos e explicações. O anglômano encarava críticas de forma tão impaciente quanto nossos jornalistas. Ficou uma fera e apelidou seu desafeto de urso e caipira.

Assim andava a convivência entre os dois proprietários quando o filho de Bérestov veio visitá-lo na aldeia.

[3] Verso de A. Chakhovski (1808).

A SENHORITA CAMPONESA

Estava formado na universidade de *** e pretendia iniciar a carreira militar, mas seu pai não concordava com a ideia. O jovem se sentia completamente inepto para o trabalho na burocracia.[4] Ambos se recusavam a ceder; e o jovem Aleksei foi começando a viver a vida de senhor por enquanto e, por via das dúvidas, deixou crescer o bigode.[5]

Aleksei era, de fato, um rapagão bonito. Seria mesmo uma pena se sua figura esbelta não se apertasse num uniforme militar e se, ao invés de exibir-se num cavalo, passasse sua juventude curvado sobre papéis de escritório. Ao ver como nas caçadas ele sempre galopava na frente, sem olhar para o caminho, os vizinhos concordavam que dali nunca sairia um funcionário que prestasse. As fidalgas ficavam olhando para ele, e algumas até olhavam demais; mas Aleksei pouco se preocupava com elas, que creditavam sua insensibilidade a uma ligação amorosa. De fato, uma cópia do endereço de uma das suas cartas havia passado de mão em mão: *Para Akulina Pietróvna Kúrotchkinaia, em Moscou, em frente ao mosteiro Alekseievski, na casa do caldeireiro Saviélev, peço-lhe encarecidamente que entregue essa carta a A.N.R.*

Aqueles entre os meus leitores que nunca viveram no campo não podem imaginar como são encantadoras essas fidalgas de província! Educadas ao ar livre, à sombra das macieiras do jardim, tiram dos livros o conhecimento do mundo e da vida. Solidão, liberdade e leitura cedo desenvolvem nelas sentimentos e paixões desconhecidos de nossas beldades já distraídas. Para as senhorinhas, o soar da campainha já é uma aventura, uma viagem à cidade vizinha marca uma época da vida e uma

---

[4] Na Rússia tzarista, os nobres precisavam escolher entre o serviço militar e o funcionalismo público.
[5] Os militares normalmente usavam bigode.

visita deixa uma lembrança duradoura, às vezes eterna. É claro, qualquer um pode rir dessas excentricidades; mas as brincadeiras de um observador superficial não conseguem destruir suas evidentes qualidades essenciais, das quais a mais importante é: *particularidade de caráter, singularidade (individualité)*, sem a qual, na opinião de Jean-Paul,[6] não existe a própria grandeza humana. Nas capitais as mulheres recebem, talvez, melhor educação; mas os hábitos mundanos logo suavizam a personalidade e deixam as almas tão uniformes quanto os chapéus femininos. Que isso não seja dito como julgamento nem como censura, apenas *nota nostra manet*, como escreve um antigo comentador.

É fácil imaginar a impressão que Aleksei deve ter provocado no círculo de nossas donzelas. Foi o primeiro a mostrar-se diante delas sombrio e desiludido, o primeiro a falar-lhes de alegrias desfeitas e de sua juventude perdida; usava, além disso, um anel negro com a imagem de uma caveira. Tudo isso era extraordinariamente novo naquela província. As donzelas ficaram loucas por ele.

Mas, entre todas, a mais interessada era a filha do nosso anglófilo, Liza (ou Betsy, como Grigori Ivánovitch tinha o hábito de chamá-la). Como seus pais não se frequentavam, enquanto Aleksei era o único assunto entre todas as jovens da região, ela ainda não o vira. Tinha 17 anos. Olhos negros animavam seu rosto moreno e muito agradável. Era filha única e, portanto, mimada. Sua vivacidade e suas travessuras incessantes encantavam o pai e levavam ao desespero sua preceptora, Miss Jackson, uma donzela afetada de 40 anos que empoava o rosto, escurecia as sobrancelhas, lia *Pamela*[7] duas vezes por ano, rece-

---

[6] Pseudônimo do escritor alemão Johann Paul Richter (1763—1825).
[7] *Pamela*, romance de 1741 do inglês Richardson.

A SENHORITA CAMPONESA

bia para isso 2 mil rublos e morria de tédio *nesta Rússia bárbara*.

Quem servia Liza era Nástia; era um pouco mais velha, mas tão cabeça-de-vento quanto sua senhora. Liza a amava muito e contava-lhe todos seus segredos; com ela, planejava suas invenções. Em suma, Nástia era uma pessoa infinitamente mais importante no povoado de Prilútchino que qualquer *confidante* de tragédia francesa.

— A senhora permite sair hoje para uma visita? — Disse Nástia certa vez, enquanto vestia a senhora.

— Permito; para onde?

— Para Tuguílovo, na casa dos Bérestov. A mulher do cozinheiro faz aniversário e, ontem, nos chamou para almoçar com eles.

— Veja só! — disse Liza — Os senhores são brigados e os criados se recebem.

— E lá temos a ver com os assuntos dos senhores? — objetou Nástia — Além do mais, eu sou da senhora, não do seu papaizinho. A senhora ainda não bateu boca com o jovem Bérestov; deixe os velhos se estapearem, já que eles se divertem.

— Procure ver Aleksei Bérestov, Nástia, e depois me conte direitinho qual é sua aparência e que tipo de homem ele é.

Nástia fez a promessa e Liza esperou impacientemente o dia todo por seu retorno. À noite, Nástia apareceu.

— Pois bem, Lizavieta Grigórievna — disse, entrando no quarto —, vi o jovem Bérestov. Olhei bastante; passamos o dia inteiro juntos.

— Como? Conte, conte tudo desde o começo.

— Às ordens: fomos eu, Anícia Egórovna, Nenila, Dúnka...

— Está bem, já sei. E depois?

— Permita-me, vou contar tudo desde o começo. Chegamos bem na hora do almoço. O quarto estava cheio de gente. Veio o pessoal de Kolbino, os Zakhárievo, a mulher do feitor com suas filhas, de Khlúpino...

— Sim! E Bérestov?

— Espere um pouco, senhora. Sentamos à mesa; a mulher do intendente à cabeceira, eu perto dela... As filhas ficaram emburradas, mas eu nem me preocupei.

— Ai, Nástia, você está me entediando com todos esses detalhes.

— Mas como a senhora é impaciente! Bem, nos levantamos da mesa... Estávamos sentados há bem umas três horas e o almoço estava bom. O doce, *blanc-mange* azul, vermelho e misturado... Então saímos da mesa e fomos ao jardim brincar de pega-pega; foi aí que apareceu o jovem senhor.

— E então? É verdade que é muito bonito?

— Bonito demais. Lindo, posso dizer. Magro, alto, bochechas vermelhinhas...

— É mesmo? Mas eu achava que ele era pálido. E o que mais? Como lhe pareceu? Triste, pensativo?

— Qual o quê! Nunca vi um doidivanas como ele. Inventou de brincar de pega-pega com a gente.

— Brincar com vocês? Não é possível.

— É possível, sim. E sabe o que mais? Quando nos pegava, dava um beijo.

— Com todo respeito, Nástia, você está mentindo.

— Com todo respeito, senhora, não estou. À custo me livrei dele. Brincou o dia todo com a gente.

— Mas como dizem que está apaixonado e não olha para ninguém?

A SENHORITA CAMPONESA

— Disso eu não sei; mas para mim olhava até demais; e para Tânia, a filha do feitor, também; e para a Pacha, de Kólbino, é um pecado mentir. Não deixou nenhuma para trás, aquele danado.

— Isto é surpreendente! E o que falam dele os criados da casa?

— Dizem que o senhor é ótimo: tão bom, tão alegre. Só tem um problema: gosta demais de correr atrás das meninas. Mas para mim isso não tem importância: com o tempo ele cria juízo.

— Como eu gostaria de vê-lo! — disse Liza, suspirando.

— Qual é a dificuldade? Tuguílovo não está longe, são só três verstas: vá caminhar por aqueles lados, ou passear a cavalo; a senhora certamente vai encontrá-lo. Todo santo dia, de manhã cedo, ele vai caçar com a espingarda.

— Acho que não, assim não serve. Ele pode achar que fui lá para vê-lo. Além do mais, nossos pais estão brigados, não vai ser possível conhecê-lo. Ah, Nástia! Sabe de uma coisa? Vou vestir-me de camponesa!

— Mas é isso mesmo, senhora: vista uma camisa grossa, um *sarafã*[a] e vá direto à Tuguílovo. Garanto que Bérestov não a deixará escapar.

— E eu sei muito bem como falam as pessoas daqui. Ah, Nástia, querida Nástia. Que boa ideia! — E Liza foi dormir decidida a executar seu divertido plano.

No dia seguinte, pôs-se a trabalhar nos preparativos de seu plano; mandou comprar na feira um pano grosso, seda azul e pequenos botões de cobre. Com a ajuda de Nástia, cortou uma camisa e um *sarafã*, colocou todas as criadas para costurar e, à noite, tudo estava pronto. Liza

[a] Vestido sem mangas usado pelas camponesas da época.

provou sua roupa nova e teve de admitir, olhando para o espelho, que nunca se achara tão encantadora. Ensaiou seu papel; fazia reverências profundas e depois balançava a cabeça algumas vezes, como os gatos de argila; falava como as camponesas, ria cobrindo o rosto com a manga e por fim ganhou a aprovação completa de Nástia. Apenas uma coisa lhe pareceu difícil: tentou passar pelo pátio descalça, mas a grama machucava seus pés delicados, e a areia e as pedrinhas lhe pareciam insuportáveis. Ao que Nástia também a socorreu: tirou a medida dos pés de Liza, correu para encontrar o pastor Trofim, no campo, e encomendou um par de *lapti*[9] segundo a medida. No dia seguinte, mal nascia o sol e Liza já estava acordada. A casa inteira ainda dormia. Nástia, no portão, esperava pelo pastor. A corneta tocou e o rebanho da aldeia começou a se arrastar em frente à casa dos senhores. Trofim, ao passar por Nástia, deu-lhe um par de pequenas *lapti* coloridas e recebeu cinquenta copeques como recompensa. Liza silenciosamente se fantasiou de camponesa, sussurrou as instruções a propósito de Miss Jackson para Nástia, saiu pela porta dos fundos e correu pela horta até o campo.

A aurora brilhava no horizonte e fileiras de nuvens douradas, parecia, esperavam pelo sol, como os cortesãos esperam pelo rei; o céu claro, o frescor da manhã, o orvalho, o vento e o canto dos pássaros enchiam o coração de Liza com alegria infantil; temendo encontrar alguém conhecido, parecia que não andava e sim voava. Ao aproximar-se do pequeno bosque, no limite da propriedade de seu pai, Liza começou a andar com mais vagar. Ali, devia esperar por Aleksei. Seu coração batia forte sem mesmo saber por quê; mas o medo, companheiro de

[9] Sandálias de palha usadas pelos camponeses.

A SENHORITA CAMPONESA

nossas travessuras de juventude, é também o maior dos seus encantos. Liza entrou na penumbra do bosque. Um murmúrio ondulante e surdo saudou a garota. Sua alegria se acalmou. Pouco a pouco, foi se entregando a uma doce divagação. Ela pensava... Mas será possível determinar exatamente o que pensa uma fidalga de 17 anos, sozinha no bosque, pouco depois das cinco horas, em uma manhã de primavera? E assim ela andava, pensativa, pelo caminho sombreado por árvores altas, quando de repente um maravilhoso cão perdigueiro pôs-se a latir para ela. Liza levou um susto e gritou. Nesta hora, ouviu-se uma voz: "*tout beau, Sbogar, ici...*"[10] e um jovem caçador apareceu por trás dos arbustos.

— Pode ficar calma, querida — disse para Liza: — meu cachorro não morde.

Liza ainda teve tempo de se recobrar do susto e imediatamente conseguiu tirar proveito das circunstâncias.

— Ah, não, meu senhor — disse ela, fingindo uma expressão meio assustada, meio tímida — tenho medo sim. *Óia* como é bravo! Pode atacar de novo.

Enquanto isso, Aleksei (o leitor já o reconheceu), olhava atentamente para a jovem camponesa.

— Eu a acompanho, se está com medo — disse para ela — permite que me aproxime de você?

— E quem te impede?— respondeu Liza — cada um faz o que quer, a estrada é de todos.

— De onde você é?

— De Prilútchino; sou filha do ferreiro Vassili, vim colher cogumelos. (Liza trazia um cesto com uma cordinha) E você, é o senhor? De Tuguílovo, não é?

— Exatamente — respondeu Aleksei —, sou camareiro do jovem senhor.

[10]Em francês no original: "Quieto, Sbogar, aqui".

Aleksei queria igualar suas relações. Mas Liza olhou para ele e pôs-se a rir.

— Que mentira — disse — não pense que sou boba. Estou vendo que é o próprio senhor.

— Por que você acha isso?

— Por tudo.

— Por exemplo?

— E por acaso não sei a diferença entre um senhor e um criado? Você se veste de outro jeito, fala diferente e não chama o cachorro como a gente.

Liza agradava cada vez mais a Aleksei. Acostumado a não fazer cerimônias com camponesas bonitinhas, quis abraçá-la; mas Liza saltou de lado e assumiu uma expressão tão fria e austera que, apesar de ter feito Aleksei rir, fê-lo conter-se em relação a maiores avanços.

— Se o senhor quiser que continuemos amigos — ela falou seriamente — trate de se comportar.

— Quem lhe ensinou tanta sabedoria? — perguntou Aleksei, às gargalhadas. — Terá sido minha conhecida Nástienka, a criada da sua senhora? Veja por quais caminhos se espalha a educação!

Liza sentiu que havia saído de seu papel e imediatamente se corrigiu.

— O que está pensando? — falou — por acaso acha que nunca visitei os criados da casa? Pode ter certeza: já ouvi e já vi de tudo. Mas — ela prosseguiu —, tagarelando contigo não dá para colher cogumelos. Então vá para um lado, senhor, que vou para o outro. Vamos desculpando...

Liza queria se retirar. Aleksei segurou-a pela mão.

— Como você se chama, minha querida?

— Akulina — respondeu Liza, tentando tirar seus dedos da mão de Aleksei —, me deixe ir, senhor; já é hora de voltar.

— Então, minha amiga Akulina, vou sem falta fazer uma visita ao seu pai, o ferreiro Vassili.

— Nada disso — objetou Liza com vivacidade —, Santo Cristo, não vá. Se lá em casa ficam sabendo que eu tagarelei com o senhor sozinha no bosque, será a minha desgraça. Meu pai me mata.

— Mas quero encontrá-la novamente, sem falta.

— Bem, um dia volto aqui para colher cogumelos.

— Quando, então?

— Pode ser amanhã.

— Querida Akulina, eu a beijaria, mas não me atrevo. Então, amanhã, a esta hora, não é?

— Sim, sim.

— Você não vai me enganar?

— Não.

— Jure.

— Juro por Nosso Senhor, eu venho.

Os jovens se separaram. Liza saiu do bosque, atravessou o campo, entrou sorrateiramente no jardim e correu a toda pressa para a fazenda, onde Nástia a esperava. Lá, trocou de roupa enquanto, distraidamente, respondia às perguntas de sua inquieta confidente, e se dirigiu para a sala. A mesa estava posta, o café da manhã, pronto; Miss Jackson, já empoada e apertada em um espartilho, como um cálice, cortava finas fatias de pão. Seu pai a elogiou pelo passeio matinal.

— Não há nada mais saudável — disse — do que despertar ao alvorecer.

Em seguida, citou vários exemplos de longevidade, tirados das revistas inglesas, observando que todas as pessoas que viveram mais de cem anos não bebiam vodca e despertavam com a aurora, tanto no verão quanto no inverno. Liza não o escutava. Em seus pensamentos, repetia todas as circunstâncias de seu encontro naquela manhã, toda a conversa entre Akulina e o jovem caçador, e a consciência começou a atormentá-la. Em vão objetava para si mesma que a conversa não passara dos limites do decoro, que esta brincadeira não teria nenhuma consequência, mas sua consciência reclamava mais alto que a razão. A promessa que fizera em relação ao dia seguinte era o que mais a incomodava: quase decidiu quebrar seu solene juramento. Mas, se Aleksei a esperasse em vão, poderia ir ao povoado e descobrir a filha do ferreiro Vassili, a verdadeira Akulina, uma menina gorda e sardenta — e, dessa forma, adivinhar sua brincadeira irresponsável. Esta ideia deixou Liza horrorizada, e fê-la decidir que Akulina iria ao bosque novamente na manhã seguinte.

De sua parte, Aleksei estava extasiado e, durante todo o dia, pensou em sua nova conhecida; à noite, a imagem da bela morena perseguia sua imaginação. Mal nascia o dia, já estava vestido. Sem mesmo se dar tempo de carregar a espingarda, foi para o campo com seu leal Sbogar e correu ao lugar do prometido encontro. Passou-se cerca de meia hora de uma espera insuportável; finalmente, viu surgir entre os arbustos um *sarafã* azul e se lançou ao encontro da sua querida Akulina. Ela sorriu ao seu êxtase de gratidão, mas Aleksei imediatamente notou em seu rosto um vestígio de tristeza e ansiedade. Indagou-lhe qual era o motivo. Liza reconheceu que sua conduta lhe parecia leviana, que estava arrependida, que dessa vez não queria manter a promessa e que esse encontro seria o último, e pedia a ele para interromper aquela amizade sem futuro. Tudo isso, é claro, foi dito em uma linguagem de

A SENHORITA CAMPONESA

camponesa; mas o raciocínio e os sentimentos, singulares em uma moça simples, deixaram Aleksei pasmo. Ele recorreu a toda sua eloquência para demover Akulina de sua intenção: jurou a inocência de seus desejos, prometeu que nunca lhe daria motivo de arrependimento, que a obedeceria em tudo, suplicou que não o privasse dessa única alegria: encontrar-se com ela a sós, nem que fosse dia sim, dia não, nem que fosse duas vezes por semana. Ele falava a língua da verdadeira paixão e, nesse minuto, estava completamente enamorado. Liza o escutava em silêncio.

— Dê-me sua palavra — falou, finalmente — de que nunca me procurará na aldeia, nem fará perguntas sobre mim. Dê-me sua palavra de que nunca procurará ter comigo outros encontros além desses que eu mesma estabeleci.

Aleksei quis jurar por tudo o que há de mais sagrado, mas ela o impediu com um sorriso.

— Não preciso que jure — disse Liza —, basta-me a sua promessa.

Depois disso, conversaram fraternalmente, passeando juntos pelo bosque até que Liza disse: está na hora. Despediram-se e, quando Aleksei ficou só, não conseguia entender como uma simples menina da aldeia conseguira em dois encontros ter sobre ele verdadeiro poder. Sua relação com Akulina exercia sobre ele o fascínio de uma novidade, e, embora a ordem daquela estranha camponesa lhe parecesse difícil, a ideia de faltar com a palavra nem lhe passou pela cabeça. Acontece que Aleksei, apesar de seu anel sinistro, da correspondência enigmática e do ar de sombria desilusão, era um rapaz bom, apaixonado e possuía um coração puro, capaz de sentir os prazeres da inocência.

Se eu pudesse seguir apenas meus próprios desejos, certamente descreveria com todos os detalhes os encontros dos jovens, a crescente inclinação que sentiam um pelo outro, a confiança mútua, os passatempos, as conversas; mas sei que a maior parte dos meus leitores não partilharia comigo este prazer. Esses detalhes geralmente parecem adocicados, pois bem, vou omiti-los, dizendo apenas que mal se passaram dois meses e meu Aleksei já estava perdidamente apaixonado — e Liza não lhe era indiferente, apesar de mais calada. Ambos estavam felizes com o presente e pouco pensavam no futuro.

A ideia de vínculos indissolúveis surgia com frequência em seus pensamentos, mas nunca haviam falado sobre isso um com o outro. A razão era óbvia: Aleksei, por mais que estivesse ligado à sua querida Akulina, sempre se lembrava da distância existente entre ele e a pobre camponesa; e Liza sabia quanto ódio havia entre seus pais, e não se atrevia a ter esperanças de uma reconciliação. Além disso, seu amor próprio era incitado em segredo pela esperança obscura e romântica de, ao fim de tudo, ver o senhor de Tuguílovo aos pés da filha do ferreiro de Prilútchino. De súbito, um acontecimento importante quase mudou suas relações.

Em uma manhã clara e fria (do tipo que é rico nosso outono russo), Ivan Pietróvitch Bérestov saiu para passear a cavalo, e, por via das dúvidas, levou consigo três pares de galgos, um cavalariço e vários garotos com matracas. Simultaneamente, Grigori Ivánovitch Múromski, seduzido pelo bom tempo, mandou selar sua eguinha sem rabo e saiu a trote em volta de sua propriedade anglicizada. Aproximando-se do bosque, viu seu vizinho, altivamente sentado no cavalo, com um casaco[11] forrado

---

[11] Bérestov usa um casaco dos guerreiros do Cáucaso.

de pele de raposa, aguardando uma lebre que os garotos aos gritos e matracas enxotavam de um arbusto. Se Grigori Ivánovitch pudesse prever esse encontro, haveria certamente mudado de direção; mas deu com Bérestov de forma absolutamente inesperada, e de repente encontraram-se à distância de um tiro de pistola. Não havia o que fazer: Múromski, como um europeu instruído, aproximou-se de seu adversário e cumprimentou-o educadamente. Bérestov respondeu com o empenho de um urso acorrentado que faz reverência aos *senhores* por ordem de seu dono. Enquanto isso, a lebre pulou do bosque e correu pelo campo. Bérestov e seu cavalariço gritaram a plenos pulmões, soltaram os cães e puseram-se a cavalgar à rédea solta. O cavalo de Múromski, que nunca havia estado em uma caçada, assustou-se e desembestou. Múromski se proclamava um excelente cavaleiro; deixou-o correr, interiormente satisfeito com os acontecimentos que o haviam livrado do desagradável interlocutor. Mas o cavalo, galopando até o barranco sem se dar conta, de repente atirou-se para o lado, e Múromski não conseguiu se segurar. Ao cair pesadamente sobre a terra gelada, lá ficou deitado, amaldiçoando sua eguinha sem rabo, que, como se voltasse a si, imediatamente parou quando percebeu que estava sem cavaleiro. Ivan Pietróvitch aproximou-se a galope perguntando se ele não havia se machucado. Enquanto isso, o valete trouxe o cavalo criminoso, segurando-o pela rédea. Ajudou Múromski a subir, e Bérestov o convidou à sua casa. Múromski não podia recusar, pois se sentia obrigado e, dessa forma, Bérestov voltou para casa, coberto pela glória de ter caçado uma lebre e trazido consigo seu adversário ferido, quase um prisioneiro de guerra.

Enquanto tomavam café da manhã, os vizinhos conversaram de forma bastante amigável. Múromski pediu a Bérestov seu *drojki*,[12] pois confessou que com aquele machucado não poderia ir para casa cavalgando. Bérestov chegou até a conduzi-lo ao seu terraço; Múromski partiu, não sem antes fazê-lo prometer que no dia seguinte (e com Aleksei Ivánovitch) iria cordialmente almoçar em Prilútchino. Dessa forma, ao que parece, a antiga inimizade profundamente arraigada estava prestes a ser dissolvida pelo susto de uma eguinha sem rabo.

Liza correu ao encontro de Grigori Ivánovitch.

— O que aconteceu, papai? — ela perguntou, espantada — Por que o senhor está mancando? Onde está seu cavalo? De quem é esse *drojki*?

— Você nunca vai adivinhar, *my dear* — respondeu-lhe Grigori Ivánovitch, e contou tudo o que havia acontecido. Liza não acreditava em seus ouvidos. Grigori Ivánovitch, sem dar a ela tempo de voltar a si, anunciou que no dia seguinte os dois Bérestov almoçariam com eles.

— O que o senhor está dizendo? — disse ela, empalidecendo. — Bérestov, pai e filho! Almoçando conosco amanhã! Não, papai, pode fazer o que quiser: eu não vou aparecer por nada.

— Mas como? Perdeu o juízo? — replicou o pai — Quando é que ficou assim tão tímida? Ou será que nutre por eles um ódio hereditário, como uma heroína de romance? Basta, deixe de bobagem.

— Não, papai, por nada no mundo, nem pelo maior dos tesouros apareço na frente dos Bérestov.

Grigori Ivánovitch deu de ombros e não discutiu mais, pois sabia que não adiantava contradizê-la; e foi descansar de sua notável cavalgada.

---

[12] Tipo de veículo leve, puxado por um cavalo.

A SENHORITA CAMPONESA

Lizavieta Grigórievna foi ao seu quarto e chamou Nástia. Ambas passaram um longo tempo conversando sobre a visita do dia seguinte. O que pensaria Aleksei quando reconhecesse na educada senhorita sua Akulina? Que opinião teria sobre sua conduta, seu procedimento, sobre seu juízo? Por outro lado, Liza queria muito ver a impressão que causaria nele um encontro tão inesperado... De repente, veio-lhe uma ideia. Anunciou-a imediatamente a Nástia; ambas alegraram-se com a solução e puseram-se a executá-la sem demora.

No dia seguinte, no café da manhã, Grigori Ivánovitch perguntou à filha se ainda pretendia esconder-se dos Bérestov.

— Papai — respondeu Liza —, vou recebê-los, se isso lhe agrada, mas com uma só condição: não importa como eu apareça diante deles, não importa o que eu faça, você não pode me repreender, nem dará sinal algum de surpresa ou desagrado.

— Mais uma de suas travessuras! — disse Grigori Ivánovitch, rindo. — Bom, está bem, tudo bem; concordo, faça o que quiser, minha danadinha de olhos pretos.

Com essas palavras, beijou-a na testa, e Liza correu para aprontar-se.

Às duas horas, exatamente, uma carruagem artesanal, atrelada a seis cavalos, entrou no pátio e circundou o gramado. O velho Bérestov subiu ao terraço com a ajuda de dois lacaios de *libré* de Múromski. Atrás dele, seu filho chegou a cavalo e entraram juntos na sala de jantar, onde a mesa já estava posta. Múromski recebeu seus vizinhos da maneira mais carinhosa possível, propôs-lhes uma visita ao jardim e aos animais antes do almoço e os conduziu por caminhos cuidadosamente varridos e cobertos de areia. O velho Bérestov internamente lamentava o trabalho desperdiçado e o tempo gasto com aqueles caprichos inúteis, mas, por educação, mantinha-se calado. Seu filho não partilhava nem do descontentamento do econômico senhor, nem do entusiasmo do anglômano cheio de si: esperava impacientemente a aparição da filha do senhor, sobre a qual muito ouvira; e apesar de seu coração já encontrar-se, como sabemos, indisponível, uma jovem beldade sempre tinha direito à sua imaginação.

Voltando à sala de jantar, sentaram-se juntos; os velhos recordaram-se dos tempos antigos e das anedotas do serviço militar, e Aleksei meditava quanto ao papel que deveria representar na presença de Liza. Decidiu que uma fria displicência era sempre o mais indicado, e aprontou-se para tanto. A porta se abriu: ele virou a cabeça com tal indiferença, com tal desdém orgulhoso, que mesmo o coração da mais inveterada coquete haveria de estremecer. Infelizmente, em vez de Liza entrou a velha Miss Jackson, empoada, espremida no espartilho, com os olhos baixos e uma pequena reverência, e a bela manobra militar de Aleksei foi em vão. Nem teve tempo de reunir novamente suas forças, e a porta se abriu novamente; desta vez, entrou Liza. Todos se levantaram: o pai começou a apresentar os convidados, mas de repente parou e apressadamente mordeu os lábios... Liza, sua querida Liza, estava empoada até as orelhas, com as sobrancelhas mais negras do que as da própria Miss Jackson; usava cachos falsos, bem mais claros do que seus cabelos, armados como a peruca de Luís XIV; mangas *à l'imbecile* se avolumavam como as anquinhas de Madame de Pompadour; sua cintura estava apertada como a letra x, e todos os brilhantes de sua sua mãe que ainda não haviam sido penhorados brilhavam em seus dedos, pescoço e orelhas.

Aleksei não podia reconhecer sua Akulina naquela

senhorita reluzente e ridícula. Seu pai tomou sua mão e ele o seguiu com desgosto; quando tocou seus dedos pintados de branco, teve a impressão de que tremiam. Enquanto isso, conseguiu vislumbrar seu pezinho, estendido de propósito para deixar à mostra o sapato com toda *coquetterie*. Isso de alguma forma o reconciliou com o resto da *toilette*. Quanto ao pó de arroz e à tinta preta, confesso que, pela simplicidade de seu coração, à primeira vista nem os notou e, depois, não desconfiou. Grigori Ivánovitch lembrou-se de sua promessa e se esforçou para não demonstrar nenhuma surpresa, mas a travessura de sua filha lhe parecia tão divertida que mal podia segurar-se. A inglesa afetada é que não achou a menor graça. Adivinhou que o pó e a tinta haviam sido surrupiados de sua cômoda, e um ardor rubro de despeito irrompia por entre o branco artificial de seu rosto. Lançava olhares fulminantes para a jovem levada que, deixando as explicações para depois, fingia não percebê-los.

Sentaram-se à mesa. Aleksei continuou a interpretar seu papel de indiferente e pensativo. Liza fazia charme, falava entre os dentes, meio cantado e somente em francês. O pai a olhava a todo instante, sem entender seus objetivos, mas achava tudo aquilo extremamente divertido. A inglesa se encolerizava e nada dizia. Apenas Ivan Pietróvitch se sentia em casa: comia por dois, bebia o quanto podia, ria de sua própria risada e a cada hora conversava mais cordialmente e gargalhava.

Finalmente, levantaram-se da mesa. Os convidados se foram e Grigori Ivánovitch ficou à vontade para rir e fazer perguntas.

— Que invenção foi essa de fazê-los de bobos? — perguntou a Liza. — E sabe de uma coisa? O pó de arroz lhe caiu bem, é verdade. Não conheço os segredos da *toilette* feminina mas, no seu lugar, começaria a me empoar. Não tanto, sem dúvida, um pouco menos.

Liza estava encantada com o êxito da sua invenção. Abraçou o pai, prometeu pensar no seu conselho e correu para abrandar a cólera de Miss Jackson, que a custo concordou em abrir a porta e ouvir suas explicações. Liza disse que tinha vergonha de apresentar-se a desconhecidos com o rosto tão moreno; que não ousava pedir, mas tinha certeza de que a bondosa e querida Miss Jackson a perdoaria... etc. etc. Miss Jackson, convencida de que Liza não queria ridicularizá-la, se acalmou, beijou-a e, como prova de reconciliação, deu a ela uma caixinha de pó de arroz inglês, que Liza aceitou expressando sincera gratidão.

O leitor pode imaginar que, na manhã seguinte, Liza se apressou para seu encontro no bosque.

— Você esteve ontem à noite com nossos senhores? — disse imediatamente para Aleksei — O que achou da fidalga, senhor?

Aleksei disse que não havia prestado atenção nela.

— Que pena — respondeu Liza.

— E por quê? — perguntou Aleksei.

— Porque eu queria perguntar se é verdade o que dizem...

— E o que é que dizem?

— Se é verdade o que dizem, que sou parecida com a senhorita.

— Que besteira! Comparada a você, ela é a feiura em pessoa.

— Ah, senhor, que pecado dizer isso! A nossa senhorita é tão branquinha, tão faceira! Como é que vou me comparar a ela?

A SENHORITA CAMPONESA

Aleksei jurou por Deus que ela era melhor que todas as senhoritas branquinhas do mundo e, para tranquilizá-la por completo, começou a descrevê-la com traços tão engraçados que Liza riu com toda a alma.

— Pode ser — ela disse com um suspiro —, a senhorita pode ser ridícula; mas em comparação a ela sou só uma burra analfabeta.

— Ih! — falou Aleksei — Achou um motivo para ficar triste! Se quiser, lhe ensino a ler agora mesmo.

— Verdade? — disse Liza — Por que não tentamos?

— Como queira, meu bem; comecemos imediatamente.

Eles sentaram-se. Aleksei tirou um lápis do bolso e um caderno de notas, e Akulina aprendeu o alfabeto com rapidez admirável. Aleksei não se cansava de admirar sua esperteza. Na manhã seguinte ela quis tentar escrever também; no começo, o lápis não lhe obedecia, mas em poucos minutos começou a desenhar as letras de modo bastante satisfatório.

— Mas que milagre! — disse Aleksei — O nosso estudo vai mais rápido do que pelo sistema Lancaster.[13]

De fato, já na terceira aula ela leu, sílaba por sílaba, *Natália, a filha do boiardo*,[14] interrompendo a leitura com observações que deixavam Aleksei sinceramente assombrado, além de encher uma folha de papel inteira com aforismos tirados da história.

Passada uma semana, estabeleceu-se entre eles uma correspondência. A agência de correio foi inaugurada no oco de um carvalho. Coube a Nástia exercer secretamente

[13]Método de educação popular na época, criado pelo pedagogo inglês Lancaster (1771—1838), em que os alunos mais velhos ajudavam os mais novos.

[14]Novela de Karamzin de 1792.

a função de mensageira. Aleksei levava suas cartas escritas em letras grandes e lá encontrava em um suave papel azul os rabisquinhos de sua amada. Akulina pelo visto se acostumava melhor à composição das falas, e sua mente visivelmente se desenvolvia e se educava.

Enquanto isso, o recente vínculo entre Ivan Pietróvitch Bérestov e Grigori Ivánovitch Múromski fortalecia-se cada vez mais e logo se transformou em amizade, pelas seguintes circunstâncias: Múromski frequentemente pensava que, quando Ivan Pietróvitch morresse, toda a propriedade passaria para as mãos de Aleksei Ivánovitch; neste caso, Aleksei Ivánovitch seria um dos proprietários mais ricos daquela província, e não haveria nenhuma razão para ele não casar-se com Liza. O velho Bérestov, de sua parte, apesar de reconhecer em seu vizinho uma certa extravagância (ou, em suas palavras, mania de inglês), não negava, no entanto, que ele reunia grandes qualidades. Por exemplo: uma rara habilidade para negócios. Grigori Ivánovitch era também parente próximo do conde Pronski, um nobre poderoso; o conde poderia ser muito útil a Aleksei, e Múromski (assim pensava Ivan Pietróvitch) provavelmente ficaria feliz com a possibilidade de casar sua filha de forma tão vantajosa. Os velhos haviam pensado tanto nisso, cada um para si, que finalmente falaram um com o outro, abraçaram-se, prometeram trabalhar com empenho no assunto e puseram-se a ciscar, cada um por seu lado. Múromski tinha pela frente uma dificuldade: persuadir sua Betsy a conhecer mais estreitamente Aleksei, que ela não via desde aquele memorável almoço. Aparentemente não haviam gostado muito um do outro; pelo menos, Aleksei não voltara mais a Prilútchino, e Liza retirava-se para seu quarto todas as vezes em que Ivan Pietróvitch os honrava com sua visita.

A SENHORITA CAMPONESA

Mas, pensava Grigori Ivánovitch, se Aleksei vier nos ver todos os dias, Betsy terá de se apaixonar por ele. É a ordem natural das coisas. O tempo arranjará tudo.

Ivan Pietróvitch incomodou-se menos com o êxito de suas intenções. Na mesma noite, chamou seu filho ao escritório, acendeu o cachimbo e, depois de um tempo calado, disse:

— O que é que há com você, Aliocha, que há tempos não fala do serviço militar? Ou o uniforme de hussardo já não lhe encanta mais?

— Não, papai — respondeu Aleksei respeitosamente — vejo que o senhor não quer que eu ingresse nos hussardos: é meu dever obedecê-lo.

— Muito bem — respondeu Ivan Pietróvitch —, vejo que é um filho obediente, isso me consola; não quero obrigá-lo a nada; não vou forçá-lo a ingressar, imediatamente, no serviço público. Por ora, quero vê-lo casado.

— Mas com quem, papai?— perguntou, assombrado, Aleksei.

— Com Lizavieta Grigorievna Múromskaia — respondeu Ivan Pietróvitch — uma belezura de noiva, não é verdade?

— Pai, não penso ainda em casamento.

— Você não pensa, então já pensei e repensei por você.

— Como queira, mas Liza Múromskaia não me agrada de forma alguma.

— Depois acaba agradando. Primeiro aguenta, depois se apaixona.[15]

— Não me sinto capaz de fazê-la feliz.

— Não é problema seu, a felicidade dela. O quê? É assim que honra a vontade de seu pai? Pois bem!

[15] Antigo provérbio russo.

— Como queira. Não quero e não vou me casar.

— Vai se casar sim, senão eu o amaldiçoo: e quanto à propriedade, juro por Deus! Vendo tudo e acabo com o dinheiro, não vai sobrar um tostão para você. Dou-lhe três dias para refletir. Por agora, não ouse aparecer na minha frente.

Aleksei sabia que, se o pai metia alguma coisa na cabeça, nem um prego a arrancava, como dizia Tarás Skotinin.[16] Mas Aleksei havia puxado o pai, e era tão teimoso quanto ele. Retirou-se para o quarto e pôs-se a pensar nos limites do poder paterno, em Lizavieta Grigorievna, na promessa solene do pai de deixá-lo na miséria e, finalmente, em Akulina. Pela primeira vez viu com clareza que estava perdidamente apaixonado; passou por sua cabeça uma ideia romântica de casar-se com uma camponesa e viver de seu próprio trabalho, e quanto mais ele pensava nesta ação resoluta, mais via nela sensatez. Há pouco tempo os encontros no bosque haviam sido interrompidos pelo tempo chuvoso. Escreveu para Akulina uma carta com sua letra mais legível, e seu estilo mais desvairado, informando-a do destino que os ameaçava e em seguida, pedindo sua mão em casamento. Imediatamente levou a carta ao correio, no oco, e foi deitar-se bastante satisfeito consigo mesmo.

No dia seguinte Aleksei, persistente em suas intenções, foi cedo à propriedade de Múromski para explicar-se sinceramente. Tinha esperanças de instigar sua generosidade e ganhá-lo para sua causa.

— Grigori Ivánovitch está em casa? — perguntou, parando o cavalo na entrada do castelo de Prilútchino.

— Não, senhor — respondeu o criado. — Grigori Ivánovitch deu de sair de manhã.

---

[16] Personagem da comédia de Fonvizin *O menor de idade*.

— Que aborrecimento! — pensou Aleksei — Lizavieta Grigorievna está em casa, ao menos?

— Está sim, senhor.

Aleksei saltou do cavalo, deixou as rédeas na mão do lacaio e entrou sem ser anunciado.

— Será tudo resolvido — pensava, aproximando-se da sala — explico-me para ela mesma.

Ele entrou... e ficou petrificado! Liza, não, Akulina, sua querida e morena Akulina, não mais vestida com um *sarafã*, e sim com um vestidinho branco matinal, estava sentada em frente à janela e lia sua carta; estava tão ocupada que nem o ouviu entrar. Aleksei não conseguiu segurar a exclamação de felicidade. Liza sobressaltou-se, ergueu a cabeça, deu um grito e quis sair correndo. Ele se jogou para segurá-la:

— Akulina, Akulina!

Liza se esforçava para livrar-se dele...

— *Mais laissez-moi donc, Monsieur; mais êtes-vous fou?*[17] — repetia, afastando-se.

— Akulina, minha querida Akulina — ele repetia, beijando sua mão. Miss Jackson, testemunha desta cena, não sabia o que pensar. Neste minuto a porta se abriu, e Grigori Ivánovitch entrou.

— Arrá! — disse Múromski — parece que o negócio entre vocês já está bem encaminhado.

Os leitores me pouparão da obrigação supérflua de descrever o desenlace.

---

[17] Em francês no original: "Ora, solte-me, senhor; está louco?".

HISTÓRIA DO POVOADO
DE GORIÚKHINO

Se prouver a Deus enviar-me leitores, talvez tenham curiosidade em saber como decidi escrever a História do povoado de Goriúkhino. Para tanto, devo entrar em alguns detalhes prévios.

Nasci de pais nobres e honrados no povoado de Goriúkhino ao 1º de abril de 1801 e, de início, recebi as primeiras letras de nosso sacristãozinho. A este respeitável cavalheiro devo o desenvolvimento posterior de meu gosto pela leitura e pela prática da literatura de uma forma geral. Meus êxitos, ainda que lentos, foram merecedores de confiança, pois ao décimo ano eu já sabia quase tudo o que ainda hoje resta em minha memória, fraca por natureza, e a qual — por simples motivo de saúde fraca — não me permitiram sobrecarregar em excesso.

O título de homem de letras sempre me pareceu invejável. Meus pais, pessoas respeitáveis, mas simples e educadas à moda antiga, nunca liam nada; e em toda casa, além de uma cartilha — comprada para mim —, de calendários e do *Novíssimo manual de cartas*,[1] não havia livro algum. A leitura do manual de cartas foi por muito tempo meu exercício preferido. Eu o sabia de cor e, apesar disso, todos os dias encontrava nele belezas desaperce-

---

[1] *Novíssimo manual de cartas*: publicado pela primeira vez em 1769, foi compilado por N.G. Kurgánov (1726—96) e reeditado várias vezes. Continha anedotas, amostras de cartas, gramática e uma grande variedade de informações sobre astronomia e outros assuntos.

bidas. Depois do general Plemiannikov,[2] de quem papai outrora fora ajudante de ordens, Kurgánov me parecia o homem mais grandioso do mundo. Eu perguntava a seu respeito para todos; infelizmente, ninguém conseguia satisfazer minha curiosidade, ninguém o conhecera pessoalmente e a todas minhas perguntas respondiam apenas que Kurgánov havia composto o *Novíssimo manual de cartas*, e disso eu já tinha sólido conhecimento prévio. As trevas da obscuridade o circundavam, como a algum semideus arcaico; ocasionalmente, até duvidava da veracidade de sua existência. Seu nome me parecia fictício, e sua lenda, um simples mito, à espera do estudo de um novo Niebuhr.[3] No entanto, ele continuava perseguindo minha imaginação; esforçava-me para dar alguma forma a seu rosto enigmático, e finalmente decidi que devia parecer-se com o assessor do zemstvo Koriútchkin,[4] um velhote baixinho de nariz vermelho e olhos brilhantes.

No ano de 1812, levaram-me para Moscou e enviaram-me para o internato de Karl Ivánovitch Meier — onde não passei mais de três meses, pois fomos liberados diante da invasão do inimigo. Retornei à aldeia. Depois da expulsão das doze nações,[5] queriam levar-me de volta para Moscou para ver se Karl Ivánovitch tinha se restabelecido sobre as cinzas ou, caso contrário, colocar-me em outra escola. Implorei à mamãe que me deixasse ficar na aldeia, pois minha saúde não permitia que me levantasse da cama às sete da manhã, como acontece habitualmente

---

[2]General Plemiannikov: General morto em 1775; serviu sob a imperatriz Isabel, filha de Pedro I.
[3]B.G. Niebuhr (1776—1835), historiador alemão, escreveu uma *História de Roma*. É considerado um dos primeiros exemplos de abordagem científica da história.
[4]Cargo burocrático da Rússia tzarista.
[5]O exército de Napoleão era composto de batalhões de doze países.

em todos os internatos. Desta forma, alcancei a idade de dezesseis anos apenas com minha educação primária e jogando taco com meus colegas do pátio; foi a única ciência de que adquiri amplo conhecimento no meu período de internato.

Na referida época, ingressei como cadete no ** Regimento de Infantaria, no qual permaneci até o ano passado, 18**. Minha permanência no regimento deixou poucas impressões agradáveis, além de uma promoção a oficial e um ganho de 245 rublos no jogo, justamente numa época em que só me sobrava um rublo e seis grivnas⁶ no bolso. A morte de meus queridíssimos pais me obrigou a pedir baixa e voltar para minha propriedade.

Essa época de minha vida permanece tão importante para mim que tenciono estender-me nela, pedindo antecipadamente desculpas ao benevolente leitor se mal emprego sua indulgente atenção.

Era um dia nublado de outono. Chegando à estação em que devia me desviar da estrada principal até Goriúkhino, aluguei cavalos particulares e segui pela estrada vicinal. Apesar da natureza tranquila do meu caráter, a impaciência para ver o local onde passara meus melhores anos apoderou-se de mim de tal modo que a todo instante apressava meu cocheiro, ora prometendo-lhe dinheiro para vodca, ora ameaçando-lhe com uma surra; e como era mais cômodo empurrar-lhe as costas do que tirar e desamarrar o saquinho de dinheiro, confesso que bati nele umas três vezes, coisa que nunca havia me acontecido, pois a classe dos cocheiros, nem eu mesmo sei por que, é por mim particularmente querida. O cocheiro açoitava sua *troika*, mas me parecia que, por hábito, mesmo falando com os cavalos e agitando o chicote, ainda assim

---

⁶Grivna: moeda de dez copeques.

HISTÓRIA DO POVOADO DE GORIÚKHINO

atrasava a carruagem. Finalmente, avistei o bosque de Goriúkhino e em dez minutos entrei no pátio. Meu coração batia forte — olhava ao redor com indescritível comoção. Há oito anos não via Goriúkhino. As bétulas, cujo plantio perto da cerca presenciara, estavam crescidas e eram já árvores altas e copadas. O pátio — outrora adornado por três canteiros simétricos de flores, por entre os quais passava um largo caminho coberto de areia — fora tomado por um mato alto, em que pastava uma vaca parda. Minha brítchka[7] parou em frente ao terraço. Meu homem tentou abrir as portas, mas estavam fechadas com pedaços de madeira, ainda que as janelas estivessem abertas e a casa parecesse habitada. Uma bába[8] saiu da isbá coletiva e perguntou de quem eu precisava.[9] Ao saber que o senhor havia chegado, correu de novo para dentro da isbá, e logo a criadagem me rodeou. Eu estava comovido, do fundo do coração, ao ver rostos conhecidos e desconhecidos — e amigavelmente beijava a todos: meus criados de quintal já eram mujiques, e as meninas que antes ficavam sentadas no chão esperando recados eram bábas casadas. Os homens choravam. Eu falava para as mulheres, sem cerimônia: "Como você envelheceu" — e elas respondiam, emocionadas: "O senhor também, paizinho, como ficou feio". Conduziram-me até a entrada dos fundos; minha ama de leite veio ao meu encontro e me abraçou, com lágrimas e soluços, como ao muito-sofrido Odisseu. Correram para preparar o banho. O cozinheiro, que deixara crescer a barba por pura falta do que fazer, ofereceu-se para preparar o almoço, ou jantar — pois já estava anoitecendo. Imediatamente limparam meus quartos, nos quais

---

[7] Brítchka: pequena carruagem aberta.
[8] Camponesa, equivalente feminino de "mujique".
[9] O narrador reproduz a voz da criada.

estavam vivendo minha ama de leite com as criadas de minha finada mãe; encontrei-me na humilde morada paterna e adormeci no mesmo quarto em que, há 23 anos, havia nascido.

Por aproximadamente três semanas, ocupei-me com afazeres de toda espécie — conduzi reuniões com delegados e com o líder da nobreza, com todos os possíveis altos funcionários provinciais. Finalmente, recebi a herança e tomei posse da propriedade: sosseguei, mas logo o tédio da inatividade começou a atormentar-me. Ainda não havia travado conhecimento com meu bom e honrado vizinho**. Afazeres econômicos me eram inteiramente estranhos. As conversas com minha ama, promovida por mim a governanta e intendente, consistiam apenas em quinze anedotas domésticas, muito curiosas para mim, mas que eram sempre contadas da mesma maneira, de forma que ela se tornou para mim um segundo *Novíssimo manual de cartas*, no qual sabia em que página encontrar cada linha. O valoroso manual verdadeiro fora encontrado por mim no depósito, entre vários trastes, em situação lastimável. Levei-o para a luz e fui tentar lê-lo, mas Kurgánov perdera o antigo fascínio para mim. Li mais uma vez e nunca mais o abri.

Nesta situação extrema, veio-me o pensamento: "Por que não experimentar escrever algo?". Meu benévolo leitor já sabe que fui educado a moedas de cobre e que não tive ocasião de adquirir sozinho aquilo que foi uma vez perdido até os dezesseis anos brincando com os meninos do pátio e depois andando, de província em província, de alojamento em alojamento, passando tempo com judeus e vivandeiras, jogando em bilhares descascados e marchando na lama.

Além disso, ser escritor me parecia algo tão engenhoso, tão inacessível para nós, não iniciados, que de início a ideia de pegar na pluma me assustou. Ousaria eu ter esperanças de alcançar um dia o título de escritor, quando nem mesmo meu ardente desejo de encontrar-me com um deles jamais fora realizado? Mas isto me recorda um caso que tenciono contar como demonstração de minha habitual paixão pelas belas-letras pátrias.

No ano de 1820, quando ainda era cadete, aconteceu-me de estar em Petersburgo por necessidades de trabalho. Passei uma semana e, apesar de não ter lá sequer um conhecido, foi um período extraordinariamente feliz: todo dia ia discretamente ao teatro, na galeria do quarto camarote. Reconheci pelo nome todos os atores e me apaixonei perdidamente por ***, que interpretou com grande arte num certo domingo o papel de Amália no drama *Misantropia e arrependimento*.[10] De manhã, voltando do quartel-general, habitualmente entrava numa pequenina confeitaria e, tomando uma xícara de chocolate, lia as revistas literárias. Uma vez, quando eu estava absorto na seção crítica d'*O Bem-Pensante*,[11] alguém com um capote militar verde-ervilha veio até mim e puxou devagarinho de baixo do meu livro uma folha da *Gazeta de Hamburgo*.[12] Estava eu tão ocupado que nem levantei os olhos. O desconhecido pediu para si uma bisteca e sentou-se à minha frente; continuei lendo, sem lhe prestar atenção; enquanto isso, terminou seu desjejum, repreendeu asperamente o garoto por um descuido, bebeu meia garrafa de vinho e saiu. Dois jovens que ali comiam comentaram:

---

[10] Melodrama de 1789 escrito por A. von Kotzebue (1761—1819), dramaturgo alemão muito popular na Rússia da época.
[11] Revista influente da época.
[12] Trata-se de uma ironia de Púchkin; Bulgárin tinha fama de plagiar os artigos da *Gazeta de Hamburgo*.

— Sabe quem era aquele? — disse um ao outro: — era B., o escritor.[15]

— Escritor! — exclamei involuntariamente. E, deixando a revista meio lida e o chocolate meio bebido, corri para pagar a conta e, sem aguardar o troco, voei para a rua. Olhando para todos os lados, vi de longe um capote verde-ervilha e parti atrás dele pela avenida Niévski, quase correndo. Depois de alguns passos, senti que de repente me paravam — olhando para trás, um oficial da guarda me advertiu que não devia empurrá-lo da calçada, e sim parar e bater continência. Depois dessa advertência, fiquei mais cuidadoso; para minha desgraça, a todo instante encontrava um oficial, e a todo instante parava, enquanto o escritor seguia em frente e me deixava para trás. Nunca meu uniforme militar me foi tão pesado, nunca dragonas me pareceram tão invejáveis. Finalmente, já perto da ponte Ánitchkin, alcancei o capote verde-ervilha.

— Permita-me perguntar — falei, levando a mão à testa —, o senhor é B., cujos maravilhosos artigos tive a felicidade de ler no "Competidor do Iluminismo"?

— De jeito nenhum, eu não — respondeu —, não sou escritor, sou amanuense. Mas conheço bem **; há quinze minutos encontrei-o na ponte Politzeiski.

Desta forma, minha estima pela literatura russa me custara os trinta copeques perdidos do troco, um sermão pelo serviço e por pouco uma prisão — e tudo isso em vão.

Apesar de todas as objeções da minha razão, a impertinente ideia de tornar-me escritor me vinha a todo ins-

---

[15] Provavelmente, Faddei Venediktovitch Bulgárin (1789—1859), escritor e jornalista de origem polonesa. Atacava quase todos os escritores em sua revista. O capote verde refere-se ao fato de que Bulgárin era informante da polícia.

tante à cabeça. Finalmente, sem mais condições de opor-me à inclinação natural, costurei um gordo caderno com a sólida intenção de preenchê-lo com o que quer que fosse. Todos os gêneros poéticos (pois ainda nem pensava na humilde prosa), foram por mim analisados e avaliados; escolhi resolutamente o poema épico, extraído da história de nossa pátria. Não levei muito tempo procurando por um herói. Escolhi Riurik[14] — e pus-me a trabalhar.

Com os versos, adquiri alguma habilidade copiando cadernos que circulavam pelas mãos dos nossos oficiais, tais como: "Vizinho Perigoso",[15] "Crítica no bulevar de Moscou" e "Crítica nos lagos de Presnia",[16] e assim por diante. Apesar disso, meu poema avançava lentamente, e larguei-o no terceiro verso. Pensei que o gênero épico não era para mim, e comecei uma tragédia "Riurik". A tragédia não saiu. Tentei convertê-la em uma balada — mas a balada não combinou comigo. Finalmente a inspiração me iluminou; comecei e, com sucesso, terminei a legenda de um retrato de Riurik.

Ainda que minha legenda não fosse de todo indigna de atenção, sobretudo como primeira obra de um jovem lirista, não obstante senti que não era um poeta nato e me contentei com esta primeira experiência. Mas meu esforço criativo me prendera de tal forma ao exercício da literatura que já não podia mais separar-me do caderno e do tinteiro. Quis descer à prosa. Primeiro, não querendo trabalhar em estudos prévios, plano de estrutura, ligação entre partes e assim por diante, decidi escrever pensamentos esparsos, sem conexão nem ordem, com a aparência de quando me surgissem. Infelizmente, não me vinha ne-

---

[14]Lendário fundador da casa dos Rurikids em Novgorod, em 862.
[15]Poema humorístico de V.L. Púchkin, tio do autor, escrito em 1811.
[16]Versos satíricos anônimos que circulavam em manuscritos.

nhum pensamento à cabeça, e por dois dias inteiros só consegui a seguinte observação: "O homem que não obedece às leis da razão e se habitua a seguir as inclinações das paixões frequentemente se engana e se submete a um arrependimento tardio".

A ideia é obviamente legítima, mas já não é nova. Deixando os pensamentos de lado, aventurei-me pelas novelas mas, por inexperiência, não soube ordenar acontecimentos fictícios; elegi notáveis anedotas, outrora ouvidas de várias pessoas, e pus-me a embelezar a verdade com a vivacidade da narração ou, às vezes, com as flores de minha própria imaginação. Compondo estes contos, aos poucos criei meu próprio estilo e me acostumei a expressar-me com correção, leveza e liberdade. Mas logo minha reserva se esgotou e pus-me novamente a procurar um objeto para minha atividade literária.

A ideia de renunciar a anedotas mesquinhas e duvidosas em prol de relatos verídicos e acontecimentos grandiosos há muito inquietava minha imaginação. Ser o juiz, o observador e o profeta dos séculos e dos povos parecia a mim o mais elevado patamar acessível a um escritor. Mas qual história poderia escrever com minha pobre instrução, onde não me haviam precedido homens conscienciosos e eruditos? Que gênero da história ainda não fora por eles esgotado? Deveria escrever a história universal — mas já não existe o imortal trabalho do Abbé Millot?[17] Voltar-me-ia para a história da pátria? Mas o que poderia dizer depois de Tatíchev, Bóltin e Gólikov?[18] Deveria eu mesmo revolver as crônicas, e assim alcançar o

---

[17] Abbé Millot: C.F.X. Millot (1726—1785), historiador francês cuja *Histoire Universelle* foi traduzida para o russo em 1785.

[18] V.N. Tatíchev (1686—1750); sua *História da Rússia desde os tempos antigos* lançou as bases da historiografia russa moderna. Bóltin e Gólikov também eram historiadores proeminentes.

sentido secreto da língua arcaica, quando não sabia nem ler os velhos números eslavos? Pensei em uma história de menor volume; por exemplo, a história da capital de nossa província; mas também aqui, quantos obstáculos invencíveis para mim! Viagem à cidade, visitas ao governador e ao metropolita, solicitação de acesso aos arquivos e depósitos do monastério e assim por diante. A história de nosso distrito interiorano seria mais propícia para mim, mas não era interessante nem para o filósofo, nem para o pragmático; e apresentava pouco alimento para a eloquência: *** recebeu o título de cidade no ano de 17**, e o único acontecimento notável mantido nas crônicas foi um terrível incêndio ocorrido há dez anos, que devastou a feira e as repartições públicas.

Um acontecimento imprevisto resolveu meu impasse. Uma bába, pendurando roupa no sótão, achou um velho cesto cheio de serragem, lixo e livros. Toda a casa sabia de meu apreço pela leitura. Minha governanta — no exato minuto em que eu, debruçado sobre meu caderno, roía a pluma e tentava pensar em um sermão ao povoado — triunfalmente arrastou o cesto ao meu quarto, exclamando alegremente: "Livros! Livros!".

— Livros! — repeti extasiado, e me atirei ao cesto. De fato, vi toda uma pilha de livros em encadernação verde e cinza. Era uma coletânea de velhos calendários. Tal descobrimento esfriou meu enlevo, mas ainda assim estava alegre com o inesperado achado, ainda assim eram livros, e generosamente recompensei o zelo da lavadeira com um tostão de prata. Ao ficar só, pus-me a examinar os calendários, que logo despertaram minha atenção. Eles formavam uma corrente contínua do ano 1744 até 1799, ou seja, exatamente 55 anos. As folhas cinzentas que de costume colocam no calendário estavam rabiscadas em uma letra antiga. Olhei rapidamente para essas linhas e vi que continham não apenas observações sobre o tempo e notas de contabilidade, mas também breves notícias históricas acerca do povoado de Goriúkhino. Imediatamente me ocupei da análise destas preciosas notas e logo descobri que representavam metade da história de minha propriedade natal ao curso de quase um século completo, em severa ordem cronológica. Além disso, traziam um inesgotável estoque de observações econômicas, estatísticas, meteorológicas e outros assuntos acadêmicos. Desde então, o estudo dos mesmos me ocupou infatigavelmente, pois vi a possibilidade de extrair deles uma narrativa harmoniosa, curiosa e edificante. Inteirando-me o suficiente destes preciosos monumentos, comecei a procurar novas fontes de história do povoado de Goriúkhino. E logo a abundância me surpreendeu. Consagrei seis meses inteiros aos estudos preliminares. Finalmente, lancei-me ao longamente desejado trabalho e, com a ajuda de Deus, terminei-o neste terceiro dia de novembro do ano de 1827.

Hoje em dia, como um certo historiador semelhante a mim[19] cujo nome não me recordo, finda minha trabalhosa proeza, solto a pluma e vou melancolicamente ao jardim refletir sobre minhas conquistas. Também a mim parece que, após escrever a História de Goriúkhino, já não sou mais necessário no mundo, que meu dever está cumprido e que chega a hora de finar-me!

Trago aqui a fonte das anotações que me serviram para a composição da História de Goriúkhino;

1. Coletânea de velhos calendários. *54 partes*. Primeiras vinte partes escritas em caligrafia antiga com abreviações. Tal crônica foi escrita por meu bisavô Andrei Stepánovitch Biélkin. Distingue-se pela lucidez e

---

[19]Edward Gibbon (1737—1794), historiador inglês.

pela concisão de estilo, por exemplo:

4 de maio — Neve. Trichka apanhou por ser grosso.
6 — Morreu vaca marrom. Senka apanhou por bebedeira.
8 — Tempo claro.
9 — Chuva e neve. Trichka apanhou pelo tempo.
11 — Tempo claro.
12 — Neve fresca com vento. Abati três lebres.

E anotações semelhantes, sem maiores reflexões... Restam 35 partes escritas em várias letras, a maior parte na chamada "caligrafia de vendedor", com e sem abreviações, geralmente prolíficas, sem nexo nem observância de ortografia. Lá e cá nota-se uma mão feminina. Nesta parte estão os escritos de meu avô Ivan Adréievitch Biélkin e de minha avó, sua cônjuge, Evpráksia Aleksêivna, assim como anotações do intendente Garbovitski.

2. Crônicas do sacristãozinho de Goriúkhino. Estes curiosos manuscritos foram encontrados por mim na casa do meu pope, casado com a filha do cronista. As primeiras folhas foram arrancadas e utilizadas pelos filhos do padre nas assim chamadas pipas. Uma delas caiu no meio do meu pátio. Peguei-a, e tencionava devolvê-la às crianças quando reparei que estava toda escrita. Desde as primeiras linhas vi que a pipa fora feita com a crônica, felizmente a tempo de recuperar o restante. Tal crônica, adquirida por uma quarta de aveia, distingue-se pela profundidade e pela incomum clareza de estilo.

3. Lendas orais. Não dispensei nenhum relato. Mas em particular devo agradecer à Agrafenia Trífonova, mãe do estaroste Avdei e, dizem, antiga amante do intendente Garbovitski.

4. Registros fiscais;[20] anotações dos antigos anciãos (contas e livros de gastos) concernentes à moralidade e condições dos camponeses.

O país — chamado de Goriúkhino em homenagem à sua capital — ocupa mais de 240 *dessiatinas*[21] no globo terrestre. O número de sua população estende-se a 63 almas. Ao norte, faz fronteira com as aldeias Deriúkhovo[22] e Perkukhovo, cujos habitantes são pobres, esquálidos e de baixa estatura, e cujos orgulhosos proprietários dedicam-se ao exercício marcial da caça ao coelho. Ao sul, o rio Sivka o separa das propriedades dos agricultores livres de Karachevo, vizinhos inquietos, famosos pela selvageria e crueldade de seus modos. A oeste, limita-se com o campo florescente de Zakharino, próspero sob a autoridade de seus sábios e iluministas proprietários. A leste, faz limite com um lugar selvagem e inabitado, um pântano intransitável onde brota apenas o arando, ouve-se tão somente o monótono coaxar dos sapos e a supersticiosa tradição supõe ser a morada de um certo demônio.

NB: Este pântano chama-se inclusive Brejo do Diabo. Dizem que certa vez uma pastora sem juízo guardou seu rebanho de porcos perto desse lugar ermo. Ela ficou grávida e não conseguiu explicar de forma satisfatória tal acontecimento. A voz do povo culpou o demônio do pântano; mas esta história é indigna da atenção de um historiador, e depois de Niebuhr seria indesculpável acreditar nisto.

Desde os tempos imemoriais Goriúkhino é renomado por sua fertilidade e seu clima temperado. Centeio, aveia, cevada e trigo sarraceno nascem em seus fartos campos.

---

[20] Lista de servos que era incluída nos impostos.
[21] Medida de área equivalente a 1 hectare aproximadamente.
[22] O nome é derivado da locução "puxar pela orelha".

HISTÓRIA DO POVOADO DE GORIÚKHINO

Um bosque de bétulas e uma floresta de abetos abastecem os habitantes da aldeia com madeira e lenha para construção e para o aquecimento de suas moradas. Não há carência de castanhas, mirtilo, airela e arando. Cogumelos brotam em extraordinária quantidade; assados no creme azedo representam agradável alimento, apesar de pouco saudável. O lago é cheio de carpas, e no rio Sivka correm lúcios e enguias.

Os habitantes de Goriúkhino têm, na maioria, estatura mediana, composição forte e viril, com olhos azuis e cabelos louros ou ruivos. As mulheres distinguem-se pelo nariz, um pouco arrebitado, pelas maças do rosto salientes e pela composição fornida.

NB: Encontra-se com frequência a expressão *bába robusta* nas anotações do estaroste nos registros fiscais. Os homens têm boa índole, são diligentes (especialmente nas suas próprias roças),[25] valentes, guerreiros: muitos deles enfrentam a sós um urso e têm nas redondezas fama de bons lutadores: são, em sua maioria, inclinados aos deleites da bebedeira. As mulheres, além do trabalho doméstico, dividem com os homens a maior parte do trabalho deles; e não lhes ficam atrás em valentia, raras entre elas temem o estaroste. Chamadas de lanceiras, elas compõem vigorosa brigada social, infatigavelmente vigilantes no pátio. A principal obrigação das lanceiras é, com a maior frequência possível, bater uma pedra em uma placa de ferro e, assim, espantar a má intenção. São tão castas quanto belas; às tentativas dos audazes, respondem de maneira severa e enfática.

Os habitantes de Goriúkhino há tempos executam abundante comércio de palha, cestos de palha e sandálias

[25] Os servos trabalhavam alguns dias nas suas plantações e outros nas dos senhores.

de palha. Para isso contribui o rio Sivka, que na primavera atravessam em barcos, como faziam os antigos escandinavos, e em outras estações atravessam a pé, arregaçando as calças até os joelhos.

A língua goriukhiniana é definitivamente um ramo da língua eslava, mas difere tanto dela quanto o russo.[24] Está repleta de abreviações e apócopes; algumas de suas letras foram completamente eliminadas ou trocadas por outras. Não obstante, um habitante da Gran-Rússia facilmente compreende um goriukhinófono, e vice-versa.

Os homens, em geral, contraíam núpcias no 14º ano com moças de 21 anos. As mulheres batiam em seus maridos ao longo de quatro ou cinco anos. Depois disso, já os maridos começavam a bater nas mulheres; dessa forma, ambos os sexos tinham seu período de poder e o equilíbrio era observado.

A cerimônia de enterro ocorria da seguinte maneira. O defunto era carregado para o cemitério no próprio dia da morte, para não ocupar lugar na isbá desnecessariamente. Por esse motivo, já aconteceu que o morto espirrasse ou bocejasse, para indescritível júbilo dos parentes, justo quando era levado no caixão para fora da aldeia. As mulheres carpiam os maridos, lastimando-se e repetindo: "Minha luz, meu bravo, por quem me abandonaste? Com o que poderei prantear-te?". Depois de retornar do cemitério, dava-se início a um banquete funerário em honra do finado, e tanto a parentada quanto os amigos ficavam bêbados por dois, três dias, ou mesmo uma semana inteira, dependendo do zelo e do apego à sua memória. Estes rituais antigos conservaram-se até a atualidade.

---

[24] Ironia com a discussão da época à respeito das relações entre o russo e o eslavo eclesiástico.

HISTÓRIA DO POVOADO DE GORIÚKHINO

O traje dos goriukhinenses consistia em camisa, vestida sobre as calças, um sinal indicativo da sua procedência eslava. No inverno, trajavam tulups[25] de pele de ovelha, mas mais como adorno do que por verdadeira necessidade, pois geralmente usavam-no sobre um só ombro e jogavam-no ao menor trabalho que exigisse movimento.

Ciências, artes e poesia achavam-se, desde tempos imemoráveis, em situação deveras vicejante em Goriúkhino. Além do padre e dos eclesiásticos, sempre houve gente alfabetizada na cidade. As crônicas mencionam o zemski[26] Terênti, vivo por volta do ano 1767, que sabia escrever não somente com a mão direita, mas também com a esquerda. Este homem singular ficou famoso nas redondezas por manufaturar todos os tipos de cartas, passaportes caseiros e similares. Diversas vezes foi vítima de sua arte, por sua obsequiosidade, prontidão e participação em diversas ocorrências notáveis; morreu já na profunda velhice, justo quando aprendia a escrever com o pé direito, pois a letra de ambas as suas mãos já estava demasiado conhecida. Ele desempenha, como verá o leitor mais abaixo, um papel importante na história de Goriúkhino.

Música sempre foi a arte preferida dos goriukhinenses instruídos; até hoje a balalaica e a volinka,[27] deleitando corações sensíveis, ressoam em suas moradas, especialmente no antigo edifício público da aldeia, embelezado com um pinheiro e a efígie da águia bicéfala.

A poesia outrora floresceu na Goriúkhino arcaica. Até nossos dias os poemas de Arkhip, o Careca, conservaram-se na memória da posteridade.

[25] Sobretudo típico feito de peles.
[26] Funcionário do zemstvo, uma espécie de guarda.
[27] Instrumento russo semelhante a uma gaita.

PÚCHKIN

Em ternura não são inferiores às éclogas do famoso Virgílio, em beleza de imaginação superam em muito os idílios do sr. Sumarokov.[28] E apesar de serem inferiores ao estilo das novas obras de nossa musa em afetação, são a elas comparáveis em engenhosidade e espírito.

Apresentamos um exemplo deste poeta satírico:

> Para o pátio dos boiardos
> Vai o estaroste Anton
> Contas junto ao peito traz
> Ao boiardo dá
> O boiardo olha
> Sem nada entender
> Ai, estaroste Anton
> Você roubou os boiardos por todos os lados
> Deixou o povoado na miséria
> Deu presentes para sua mulher

Havendo então mostrado ao meu leitor as condições etnográficas e estatísticas de Goriúkhino, assim como os modos e costumes de seus habitantes, comecemos agora o relato em si.

TEMPOS FABULOSOS — ESTAROSTE TRÍFON

A forma de governo de Goriúkhino modificou-se diversas vezes. Alternou-se sob o poder dos estarchim,[29]

---

[28] A.P. Sumarokov (1718—1777), importante contribuidor para o desenvolvimento da linguagem literária e versificação da língua russa. Escreveu em uma grande variedade de gêneros: idílios, odes, baladas, éclogas, sátiras etc.

[29] Espécie de conselho de anciãos anterior à figura do estaroste. A palavra significa literalmente "os mais velhos".

HISTÓRIA DO POVOADO DE GORIÚKHINO

eleitos pelo povo, dos intendentes, indicados pelos senhores, e, por fim, sob o poder direto dos próprios senhores. As vantagens e desvantagens destas várias formas de governo serão desenvolvidas no curso de meu relato.

A fundação de Goriúkhino e sua população inicial estão envoltas nas trevas da incerteza. Lendas obscuras declaram que há tempos Goriúkhino foi um povoado grande e próspero, que todos os seus moradores eram abastados, que o obrok[30] era coletado uma vez ao ano e enviado a sabe-deus-quem em várias carroças. Naquela época compravam tudo barato, e vendiam caro. Não existiam intendentes, os estarostes não insultavam ninguém, os habitantes trabalhavam pouco e viviam na flauta e até os pastores usavam botas para vigiar o rebanho. Não devemos nos deixar seduzir por esse quadro encantador. A ideia de um século de ouro é inerente à tradição de todos os povos e demonstra apenas que as pessoas nunca estão satisfeitas com o presente e — como a experiência lhes dá pouca esperança no futuro — enfeitam o passado irrecuperável com todas as cores de sua imaginação. Eis o que se sabe ao certo:

O povoado de Goriúkhino pertenceu à ilustre estirpe dos Biélkins desde os tempos imemoriais. Mas meus antepassados, possuindo muitas outras propriedades, não davam atenção a esta terra remota. Goriúkhino pagava um tributo pequeno, era governado pelos estarchinis eleitos pelo povo na vietche,[31] chamada de reunião popular.

Mas com o passar do tempo as propriedades da casa dos Biélkins fragmentaram-se e entraram em declínio. Netos empobrecidos de um avô rico não conseguiram

[30] Imposto pago aos senhores pelos servos.
[31] A *vietche* era o sistema que vigorava em Novgorod: espécie de reunião popular que decidia quem seriam os representantes do povo.

perder seus hábitos luxuosos e exigiam da propriedade, já reduzida à décima parte, toda a renda antiga. Ordens ameaçadoras seguiam-se umas às outras. O estaroste as lia na vietche; os anciãos tergiversavam, o povo agitava-se e os senhores, em vez de um obrok duplicado, só recebiam pretextos astutos e lamentos conformados, escritos em papel ensebado e selados com uma moedinha.

Uma nuvem sombria pairava sobre Goriúkhino, mas ninguém nem sonhava com isso. No último ano do reinado de Trífon — o último estaroste eleito pelo povo —, no exato dia da celebração do templo, quando todo o povo ou se aglomerava ruidosamente em torno do estabelecimento recreativo (vulgo *bodega*, na linguagem popular, ou perambulava pelas ruas, apoiados uns nos outros, cantando em voz alta as canções de Arkhip, o Careca, entrou no povoado uma brítchka trançada e coberta por uma treliça, atrelada a um par de pangarés que mal se aguentavam; sentava-se na boleia um judeu esfarrapado, e de dentro da brítchka aparecia uma cabeça de kartuz[32] que, ao que parece, olhava com curiosidade o povo festivo. Os habitantes receberam a carroça com risos e zombarias grosseiras. (NB: Enrolando as pontas de suas roupas, os loucos achincalhavam o cocheiro judeu e exclamavam rindo: "Judeu, judeu,[33] coma uma orelha de porco!" *Crônica do amanuense de Goriúkhino*) Mas qual não foi a surpresa quando a brítchka parou no meio do povoado e o forasteiro, saltando para fora, exigiu com voz imperiosa falar com o estaroste Trífon. Este alto funcionário encontrava-se então no estabelecimento recreativo, de onde dois estarchinis respeitosamente trouxeram-no apoiado pelos braços. O desconhecido, olhando para ele

---
[32] Espécie de quepe.
[33] "Jid" tem sentido pejorativo em russo.

HISTÓRIA DO POVOADO DE GORIÚKHINO

de forma ameaçadora, deu-lhe uma carta e ordenou que a lesse imediatamente. Os estarostes de Goriúkhino tinham o hábito de nunca ler nada eles mesmos. O estaroste era analfabeto. Mandaram alguém buscar o zemski Avdei. Acharam-no por perto, na travessa, dormindo sob a cerca, e trouxeram-no ao desconhecido. Mas à sua chegada — fosse pelo susto repentino ou por um doloroso pressentimento — as letras da carta, apesar de nitidamente escritas, apareceram-lhe turvas e ele não teve condições de decifrá-las. Com terríveis imprecações o desconhecido mandou o estaroste Trífon e o zemski Avdei irem dormir, adiou a leitura da carta para o dia seguinte e foi para a isbá oficial, para onde o judeu levou sua pequena mala.

Os goriukhinenses assistiram a esse extraordinário acontecimento com muda surpresa, mas logo a brítchka, o judeu e o desconhecido foram esquecidos. O dia terminou com barulho e alegria, e Goriúkhino adormeceu sem prever o que lhe aguardava.

Com o nascer do sol matinal, os habitantes foram despertos com batidas nas janelas e chamados para a reunião popular. Os cidadãos, um após o outro, apareceram no pátio da isbá oficial, que servia de praça da vietche. Seus olhos estavam turvos e vermelhos, seus rostos, inchados; bocejando e se coçando, olhavam para o homem de kartuz e kaftan azul surrado, em pé no umbral da isbá com ar de importância, e se esforçavam para lembrar de seus traços, já vistos outrora. O estaroste Trífon e o zemski Avdei estavam ao seu lado, sem gorro, com um ar servil e profundamente triste.

— Está todo mundo aqui? — perguntou o desconhecido.

— Tá todo mundo aqui? — repetiu o estaroste.

— Tá — responderam os cidadãos. Então, o estaroste anunciou o recebimento de uma carta do senhor e ordenou ao zemski que lesse para os ouvidos do povo. Avdei deu um passo adiante e em com voz tonitruante leu o seguinte. (NB: "Copiei este documento ameaçador e profético na casa do estaroste Trífon, onde era conservada num baú ao pé de outros memoriais de seu reinado sobre Goriúkhino". Não pude descobrir o original desta curiosa carta.)

Trífon Ivanov!

O portador desta carta, meu encarregado **, está sendo mandado à minha propriedade do povoado de Goriúkhino para assumir sua administração. Imediatamente à sua chegada, reúnam-se os mujiques e anuncie-se minha senhorial vontade, ou seja: que os mujiques escutem as ordens de meu encarregado como se fossem minhas próprias. E em tudo o que lhe concerne, executem sem discussão; caso contrário ** possui o direito de proceder com toda a severidade possível. Fui obrigado a isto pela desonesta desobediência deles e por sua, Trífon Ivanov, conivência trapaceira.

Assinado NN.

Então **, abrindo as pernas como a letra X e colocando os braços como a letra Φ, pronunciou este breve e expressivo discurso: "Escutem aqui, não se façam de espertos; vocês são um povo mimado, que eu sei, mas vou tirar na pancada as bobagens de suas cabeças, podem deixar; vão sair mais rápido do que a bebedeira de ontem". Já não tinha mais bebedeira em cabeça nenhuma. Os goriukhinenses, estarrecidos, baixaram a cabeça e, com pavor, dispersaram-se para suas casas.

GESTÃO DO INTENDENTE **

** tomou as rédeas do governo e deu início à execução de seu sistema político, sistema este que merece especial atenção.

Seu principal fundamento era o seguinte axioma: quanto mais rico é o mujique, mais mimado; quanto mais pobre, mais submisso. Consequentemente, este ** encorajava a submissão na comunidade como a principal virtude camponesa. Exigiu um inventário dos camponeses e dividiu-os em ricos e pobres. 1) Os atrasos foram divididos entre os mujiques prósperos e cobrados com toda a severidade possível. 2) Faltantes e ociosos eram rapidamente colocados na enxada e se, na compreensão do intendente, seu trabalho se mostrasse insuficiente, eram mandados como mão de obra para os campos de outros camponeses, que por isso lhe pagavam um tributo voluntário; e os que eram mandados para este regime de servidão tinham todo o direito de comprar sua independência se pagassem para isso, além da soma faltante, o obrok de dois anos. Todas as obrigações comunais recaíam sobre os mujiques prósperos. O recrutamento dos soldados foi uma verdadeira festa para o ávido intendente; pois todos os mujiques ricos, um por um, foram pagando para ele por sua liberdade até que finalmente a alternativa recaía num canalha ou falido. As reuniões populares foram extintas. O obrok foi recolhido aos poucos e ao longo do ano inteiro. Além disso, o intendente conduzia coletas-supresa. Os mujiques, parece, não pagavam muito mais do que antes, mas nunca conseguiam ganhar ou acumular dinheiro suficiente. Em três anos, Goriúkhino empobreceu por completo.

Goriúkhino se entristeceu, a feira foi abandonada, as canções de Arkhip, o Careca, se calaram. As crianças foram mendigar. Metade dos mujiques ficou no campo senhorial, e a outra metade na servidão; e o dia da celebração do templo passou a ser, nas palavras do cronista, não mais um dia de felicidade e júbilo, mas o aniversário da tristeza e de pesarosas lembranças.

O desgraçado do intendente colocou Anton Timofeiev nos ferros, até que o velho Timofei pagou por ele cem rublos; então, o intendente acorrentou Petruchka Eremeiev, que foi resgatado por seu pai por 68 rublos: aí, o desgraçado queria acorrentar Liokha Tarássov, mas o referido fugiu para a floresta. O intendente tanto se perturbou que encolerizou-se nas palavras; então levaram para a cidade, para o recrutamento, o bêbado Vanka. (De um relato dos camponeses de Goriúkhino)

NOITES EGÍPCIAS

I

> — *Quel est cet homme?*
> — *Ha c'est un bien grand talent, il fait de sa voix tout ce qu'il veut.*
> — *Il devrait bien, madame, s'en faire une culotte.*[1]

Tchárski era um autêntico habitante de São Petersburgo. Ainda não completara trinta anos; não era casado; o trabalho não o sobrecarregava. Seu falecido tio, antigo vice-governador nos bons tempos, lhe deixara uma propriedade considerável. Sua vida poderia ter sido muito agradável, mas ele teve a infelicidade de escrever e publicar versos. Nas revistas o chamavam de poeta; nos alojamentos dos criados, de escrevinhador.

Apesar das grandes vantagens de que gozam os trovadores (confessemos: exceto pelo direito de usar o acusativo no lugar do genitivo e mais uns poucos atos da chamada licença poética), não conhecemos nenhuma vantagem particular dada aos poetas russos —, seja como for, apesar de ter toda a sorte de vantagens, essas pessoas estão sujeitas à grandes desgostos e contrariedades. O mal mais amargo e mais intolerável para o poeta é o título e a alcunha com que é marcado e que nunca o abandona.

---

[1] Em francês no original: "— Quem é este homem? — Ah, é um grande talento. Ele cria o que quiser com sua voz. — Ele devia então criar para si umas calças, minha senhora".

O público olha para ele como se fosse sua propriedade; na opinião destas pessoas, ele nasceu para seu *benefício* e *prazer*. Se volta do campo, ao primeiro encontro lhe perguntam: "Não nos trouxe uma novidadezinha?". Se está absorto em pensamentos sobre os desarranjos de suas finanças, ou sobre a doença de uma pessoa querida, imediatamente um sorriso banal acompanha a exclamação vulgar: "Sem dúvida você está compondo algo!". E se ele se apaixona? Sua beldade já compra para si um álbum na *Loja Inglesa* e espera uma elegia. Se vai à casa de um homem quase desconhecido, falar sobre um assunto importante, o anfitrião com toda certeza chamará o filho aos gritos para obrigá-lo a recitar uns tantos versos; e o garotinho presenteia o poeta com uma versão estropiada de seus próprios poemas. E isso são apenas as flores do ofício! Quais então serão as adversidades? Tchárski admitia que as saudações, as perguntas, os álbuns e os garotinhos o irritavam de tal forma que a todo instante ele precisava conter-se para não dizer uma grosseria.

Tchárski empregava todos os esforços possíveis para apagar essa alcunha insuportável. Evitava a companhia dos seus irmãos literatos e preferia estar entre os mundanos, mesmo os mais fúteis. Sua conversa sempre era a mais banal e ele nunca se referia à literatura. Em sua vestimenta, sempre seguia a última moda com a deferência e veneração de um jovem moscovita que, pela primeira vez na vida, chega a São Petersburgo. Em seu escritório, decorado como o quarto de uma dama, nada lembrava os hábitos de um escritor: não havia livros jogados em cima e embaixo da mesa, o sofá não estava salpicado de tinta; não havia aquela desordem que denuncia a presença da musa e a ausência de vassoura e escova. Tchárski entrava em desespero se algum de seus amigos mundanos o encontrava com a pena na mão. É difícil acreditar a que mesquinharias podia chegar este homem dotado, no entanto, de talento e alma. Ele fingia, ora ser um aficionado por cavalos, ora um jogador desesperado, ora o mais refinado gastrônomo; ainda que não pudesse distinguir um cavalo árabe de um montanhês, nunca se lembrasse de quais eram os trunfos e secretamente preferisse batata cozida a todas as invenções da cozinha francesa. Ele levava a vida mais distraída possível: era visto em todos os bailes, empanturrava-se em todos os jantares diplomáticos e era tão inevitável em todas as festas de gala quanto o sorvete de Rezanov.

No entanto, era poeta, e sua paixão era indomável: quando sentia chegar a tal *bobeira* (era assim que ele se referia à inspiração), Tchárski se trancava em seu escritório e escrevia desde a manhã até tarde da noite. Aos amigos sinceros, confessava que só nesses momentos conhecia a verdadeira felicidade. No resto do tempo, saía, fazia pose, fingia e escutava o tempo todo a famosa pergunta: "Não escreveu nenhuma novidadezinha?".

Certa manhã, Tchárski sentiu-se num estado de espírito abençoado, quando os sonhos se apresentam claramente a sua frente e você encontra palavras vivas, inesperadas para encarnar sua visão, quando os versos se curvam com facilidade à pena e rimas sonoras correm ao encontro de ideias ordenadas. A alma de Tchárski submergia num doce esquecimento... E a sociedade, suas opiniões e seus caprichos particulares não existiam para ele. Ele estava escrevendo um poema.

De repente, a porta de seu escritório rangeu, e apareceu uma cabeça desconhecida. Tchárski estremeceu e franziu a testa:

— Quem está aí? — perguntou com irritação, amaldiçoando em pensamento seus servos, que nunca ficavam na antessala.

O desconhecido entrou.

Era alto, magro e aparentava ter uns trinta anos. Os traços de seu rosto moreno eram expressivos: uma testa alta e pálida, coberta por cachos negros, olhos pretos brilhantes, nariz aquilino e barba cheia em torno de bochechas fundas e amareladas, tudo revelava tratar-se de um estrangeiro. Usava um fraque negro, já desbotado nas costuras, e calças de verão (embora o outono já estivesse avançado); no peitilho amarelado, sob a gravata preta desbotada, brilhava um diamante falso; seu chapéu amarrotado parecia já ter visto sol e chuva. Se houvesse se encontrado com este homem numa floresta, você o tomaria por um bandido; em sociedade, por um conspirador político; numa antessala, por um charlatão comerciando elixires e arsênico.

— O que você quer? — perguntou-lhe Tchárski em francês.

— *Signor* — respondeu o estrangeiro com uma profunda reverência. — *Lei voglia perdonarmi se...*[2]

Tchárski não lhe ofereceu uma cadeira, mas ele próprio se ergueu, e a conversa continuou em italiano.

— Sou um artista napolitano — disse o desconhecido —, as circunstâncias me forçaram a deixar minha terra; vim para a Rússia na esperança de empregar aqui meu talento.

Tchárki pensou que o napolitano pretendia dar alguns concertos de violoncelo e estava vendendo ingressos de porta em porta. Já queria entregar 25 rublos para se livrar logo dele, mas o desconhecido acrescentou:

[2] Em italiano no original: "Senhor, queira me perdoar se...".

— Espero, *Signor*, que dê uma ajuda fraternal ao seu colega e me introduza nas casas a que o senhor tem acesso.

Teria sido impossível oferecer maior afronta à vaidade de Tchárski. Ele lançou um olhar arrogante para aquele que o havia chamado de colega.

— Permita-me perguntar quem é o senhor e por quem me toma? — indagou, fazendo um esforço para conter sua indignação.

O napolitano notou o despeito.

— *Signor* — respondeu hesitante —, *ho creduto... ho sentito... la vostra Eccellenza mi perdonerà...*[3]

— O que você quer? — perguntou Tchárski secamente.

— Ouvi falar muito sobre seu incrível talento; estou convencido de que os ilustres senhores locais consideram uma honra oferecer todo tipo de amparo a um poeta tão magnífico — respondeu o italiano —, e por isso ousei apresentar-me ao senhor...

— Está enganado, *Signor* — interrompeu Tchárski. — O título de poeta não existe em nosso país. Nossos poetas não recebem patrocínio dos senhores; nossos poetas são os próprios senhores e, se algum dos nossos mecenas (que o diabo os carregue!) não sabe disso, pior para ele. Não temos abades esfarrapados que os compositores possam pegar na rua para compor libretos. Aqui entre nós, os poetas não vão a pé de casa em casa mendigando doações. Além do mais, quanto a eu ser um grande poeta, provavelmente lhe disseram isso em tom de brincadeira. É verdade que escrevi alguns maus epigramas numa época mas, graças

---

[3] Em italiano no original: "Senhor, achei... ouvi... Vossa Excelência me perdoará...".

a Deus, não tenho nada em comum com os senhores poetas, nem quero ter.

O pobre italiano ficou confuso. Ele deu uma olhada à sua volta. Quadros, estátuas de mármore, objetos de bronze, bugigangas caras arrumadas em uma estante gótica — toda a decoração o deixou estupefato. Ele percebeu que, entre o dândi arrogante postado à sua frente, vestindo um gorro de topete brocado, um robe chinês com brilho dourado cingido por um xale turco e ele, um pobre artista itinerante, com a gravata puída e o fraque desbotado, não havia nada em comum. Ofereceu algumas desculpas desconexas, curvou-se numa reverência e fez menção de sair. Sua triste figura tocou Tchárski que, apesar de suas mesquinharias, tinha uma coração bom e nobre. Ele se envergonhou da irritabilidade de seu amor próprio.

— Para onde é que o senhor vai? — perguntou para o italiano. — Espere... Precisei declinar o título imerecidamente conferido a mim e confessar ao senhor que não sou poeta. Agora, falemos sobre seus assuntos. Estou disposto a atendê-lo em tudo o que for possível. O senhor é músico?

— Não, *Eccelenza* — respondeu o italiano —, sou um pobre improvisador.

— Improvisador! — exclamou Tchárski, sentindo a brutalidade de seus modos. — Mas por que o senhor não disse antes que era um improvisador? — e Tchárski apertou sua mão com sincero arrependimento.

Seu ar amigável animou o italiano. Ele ingenuamente desatou a falar sobre seus planos. Sua aparência não enganava; ele realmente precisava de dinheiro. Esperava de alguma forma melhorar as circunstâncias domésticas. Tchárski ouvia atentamente.

— Espero — disse ao pobre artista — que o senhor

tenha sucesso: nossa sociedade local nunca ouviu um improvisador. A curiosidade das pessoas será instigada; é verdade que o italiano não está em uso entre nós, não vão entendê-lo. Mas isso não importa; o principal é que o senhor esteja na moda.

— Mas se aqui ninguém entende o idioma italiano — disse o improvisador, pensativo, — então quem virá me escutar?

— Eles virão, não se preocupe. Alguns por curiosidade, outros para ter algo que fazer à noite; outros ainda para mostrar que entendem italiano. Repito, o mais importante é que o senhor esteja na moda. E estará, dou minha palavra.

Tchárski se despediu afetuosamente do improvisador, pegou seu endereço e, naquela mesma noite, foi interceder por ele.

II

Sou rei, sou criado, sou verme, sou deus.

Derjávin

No dia seguinte, Tchárski procurava pelo número 35 no corredor escuro e sujo de uma hospedaria. Parou na porta e bateu. O italiano do dia anterior abriu.

— Vitória! — disse Tchárski — O negócio está garantido. A princesa ** lhe cederá o salão. Ontem, numa recepção, consegui aliciar meia Petersburgo. Imprima as entradas e os cartazes. Eu lhe asseguro que, se não for um triunfo, ao menos o senhor terá algum lucro.

— Mas isso é o principal! — exclamou o italiano, expressando sua alegria com movimentos vivos, característicos dos povos do sul. — Eu sabia que o senhor iria me ajudar. *Corpo di Bacco!* O senhor é um poeta, como eu. E, não importa o que digam, poetas são boa gente. Como posso expressar minha gratidão? Espere... Quer ouvir um improviso?

— Improviso! Mas o senhor pode mesmo fazer isso sem público, sem música, sem o ruído dos aplausos?

— Tolice, tolice! Onde vou encontrar público melhor? O senhor é poeta, me entenderá melhor do que qualquer um deles, e o seu incentivo silencioso vale mais para mim do que toda uma tempestade de aplausos. Sente-se em algum lugar e dê um tema.

Tchárski se sentou em uma mala (das duas cadeiras que haviam no cubículo apertado, uma estava quebrada, a outra estava atulhada de papéis e roupa branca). O improvisador pegou um violão na mesa — e parou na frente de Tchárski, dedilhando as cordas com seus dedos ossudos e esperando o pedido.

— Aqui está o seu tema — disse Tchárski: — *O poeta escolhe sozinho os temas de suas canções; a turba não tem o direito de guiar sua inspiração*.

Os olhos do italiano começaram a brilhar, ele tocou alguns acordes, ergueu a cabeça altivamente e estrofes impetuosas, expressão de seus sentimentos imediatos, voavam de seus lábios com harmonia... Aqui estão, livremente traduzidas por um de nossos companheiros a partir das palavras conservadas na memória de Tchárski.

> Olhos abertos — vagueia o poeta,
> Mas à sua frente ninguém vê;
> De repente alguém o chama
> E interrompe sua jornada:
> Diga, por que sem rumo vagas
> E, quando às alturas chegas,

Logo baixas o olhar a prumo
E novamente ao chão te lanças?
Confuso, vês o mundo em ordem,
Sentes uma dor que, estéril, arde.
A todo instante, objetos inúteis
Te enganam e te atraem
O gênio sempre busca o céu
E o poeta de verdade
Deve escolher temas sublimes
Para cantar a realidade.

— Para que no monte o vento corre
Revolve as folhas e varre o pó
Se inquieto n'água o navio dorme
À espera de um sopro, só?
Por que, pesada, a águia salta
Volteia além da torre alta
E pousa num tronco partido?
Pergunta a ela seu motivo.
Por que a jovem ama Otelo
Como ama a lua a noite escura?
Porque não há forma segura
De guiar o vento, águia e donzela.
O poeta, como Aquilon
Escolhe o tema, a forma e o tom.
Como a águia, voa longe
E não pede permissão
Como Desdêmona, elege
O rumo do seu coração.

O italiano se calou. Tchárski ficou em silêncio, admirado e comovido.

— E então? — perguntou o improvisador. Tchárski agarrou sua mão e a apertou com força.

— O quê? — perguntou o improvisador. — O que achou?

— Assombroso — respondeu o poeta. — Como! A ideia de outra pessoa mal tocou seus ouvidos e já se tornou sua propriedade, como se o senhor a tivesse carregado, acalentado e desenvolvido por todo o tempo. Então, para o senhor não existe nem o trabalho, nem essa inquietude que antecede a inspiração? Assombroso, assombroso!

O improvisador respondeu:

— Todos os talentos são inexplicáveis. Como é que o escultor vê no pedaço de mármore de Carrara o Júpiter escondido e o traz à luz, quebrando seu invólucro com cinzel e martelo? Por que as ideias já saem da cabeça do poeta munidas de quatro rimas e cadenciadas harmoniosamente, em pés uniformes? E ninguém, exceto o próprio improvisador, consegue entender esta rapidez da impressão, este vínculo estreito entre a própria inspiração e a vontade alheia; eu mesmo gostaria de explicar, mas não é possível. Porém... Precisamos pensar na minha primeira noite. O que o senhor acha? Qual preço podemos estabelecer para as entradas que não seja pesado para o público e que, ao mesmo tempo, eu não saia perdendo? Não dizem que *la signora Catalani* cobrava 25 rublos? É um bom preço.

Era desagradável para Tchárski cair de repente da altura da poesia para o escritório do funcionário; mas ele entendia muito bem as necessidades cotidianas e lançou-se com o italiano aos cálculos mercantis. O italiano neste caso mostrou uma ganância tão selvagem, um amor tão singelo pelos lucros que provocou repugnância em Tchárski, e ele quis partir depressa para não perder por completo o sentimento de admiração que o brilhante improvisador havia produzido. O italiano, preocupado, não percebeu esta mudança e o acompanhou pelo corredor e pelas escadas com profundas reverências e garantias de eterna gratidão.

III

A entrada custa 10 rublos; início às 7 horas.

Cartaz

O salão da princesa ** fora deixado à disposição do improvisador. Um tablado havia sido montado; as cadeiras, dispostas em doze filas. No dia marcado, às sete horas da tarde, o salão estava iluminado; perto da porta, na frente de uma mesinha, sentava-se uma velha nariguda de chapéu cinza com plumas curvadas e anéis em todos os dedos, encarregada de vender e recolher os ingressos. Os guardas estavam parados ao lado da entrada. O público começou a se reunir. Tchárski havia sido uns dos primeiros a chegar. Era um dos mais interessados no sucesso da apresentação e queria ver o improvisador para saber se estava tudo do seu agrado. Ele encontrou o italiano numa salinha lateral, olhando com impaciência para o relógio. Seu traje era teatral; vestia preto dos pés à cabeça; a gola de renda de sua camisa havia sido levantada, a brancura estranha de seu pescoço nu se destacava claramente contra a barba espessa e negra e mechas soltas cobriam a testa e as sobrancelhas. Nada disso agradava muito a Tchárski, a quem era desagradável ver um poeta vestido como um palhaço itinerante. Depois de uma breve conversa, voltou ao salão, que se enchia cada vez mais.

Logo, todas as fileiras de poltronas estavam ocupadas por mulheres brilhantes; uma moldura de homens se apertava perto do tablado, ao longo da parede e atrás das últimas cadeiras. Os músicos com suas estantes ocupavam os dois lados do palquinho. No centro, uma mesa com um vaso de porcelana. O público era numeroso. Todos esperavam pelo começo com impaciência; por fim às sete e meia os músicos começaram a ficar nervosos, prepararam os arcos e se puseram a tocar a abertura de *Tancredi*. Todos sentaram e se calaram, as últimas notas da abertura retumbaram... E o improvisador, saudado por uma onda ensurdecedora de aplausos, vinda de todos os lados, aproximou-se da borda do tablado com profundas reverências.

Tchárski havia esperado inquieto para ver que impressão causaria o primeiro minuto, mas percebeu que o traje, que lhe havia parecido tão inapropriado, não produzia o mesmo efeito sobre o público. O próprio Tchárski não via nada de ridículo nele quando o viu no palco, com o rosto pálido vivamente iluminado por uma infinitude de lâmpadas e velas. Os aplausos pararam, as conversas cessaram... O italiano, num francês estropiado, pediu aos ilustres convidados que escolhessem alguns temas para ele, e os escrevessem em pedaços separados de papel. Diante deste convite inesperado, todos se entreolharam calados e ninguém respondeu nada. O italiano, depois de esperar um pouco, repetiu o pedido com voz tímida e humilde. Tchárski, de pé logo abaixo da plataforma, foi tomado por ansiedade; pressentia que aquilo não daria certo sem ele, e que seria ele próprio obrigado a escrever um tema. De fato, várias senhoras voltaram a cabeça na sua direção e começaram a chamá-lo, primeiro a meia voz, depois cada vez mais alto. Ouvindo o nome de Tchárski, o improvisador o achou perto de seus pés e lhe entregou um lápis e um pedaço de papel com um sorriso amistoso. Desem-

NOITES EGÍPCIAS

penhar um papel nesta comédia parecia muito desagradável para Tchárski, mas não havia o que fazer; pegou o lápis e o papel das mãos do italiano e escreveu algumas palavras. O italiano, pegando a urna da mesa, desceu do palco e levou-a a Tchárski, que depositou ali seu tema. O exemplo fez efeito: dois jornalistas, na qualidade de homens de letras, honraram o dever e escreveram um tema cada um; o secretário da embaixada napolitana e um jovem que havia retornado recentemente de uma viagem e ainda sonhava com Florença colocaram na urna seus papeizinhos enrolados. Finalmente, uma garota feia, por ordem da mãe, escreveu com lágrimas nos olhos algumas linhas em italiano e, corando até as orelhas, deu-as ao improvisador, enquanto as senhoras a miravam em silêncio, com um risinho quase imperceptível. Retornando ao seu palco, o improvisador colocou a urna sobre a mesa e começou a retirar os papéis, um após o outro, lendo-os em voz alta: "*La famiglia dei Cenci; L'ultimo giorno di Pompeïa; Cleopatra e i suoi amanti; La primavera veduta da una prigione; Il trionfo di Tasso.*[4]

— O que pede o respeitável público? — perguntou o humilde italiano — Querem escolher um dos temas, ou deixar que seja decidido pela sorte?

— Pela sorte! — disse uma voz na multidão.

— Pela sorte, pela sorte! — repetiu o público.

O improvisador desceu do palco novamente, com a urna nas mãos, e perguntou:

— Quem gostaria de tirar um tema? — o improvisador percorreu com um olhar suplicante as primeiras fileiras. Nenhuma das senhoras brilhantes sentadas ali se

---

[4] "A família dos Cenci"; "O último dia de Pompeia"; "Cleópatra e seus amantes"; "A primavera vista de uma prisão"; "O triunfo de Tasso".

comoveu. O italiano, que não estava acostumado à indiferença do norte, parecia estar sofrendo... De repente, reparou ao lado uma mão levantada dentro de uma luvinha branca; virou-se com vivacidade e se aproximou de uma jovem beldade majestosa, sentada na ponta da segunda fileira. Ela se levantou sem o menor vestígio de pudor e, com a maior simplicidade, pôs sua mão aristocrática na urna e tirou um rolinho.

— Por gentileza, a senhora poderia lê-lo? — perguntou-lhe o improvisador. A beldade desenrolou-o e leu em voz alta:

— *Cleopatra e i suoi amanti*.

Estas palavras foram proferidas em voz baixa, mas reinava tal calma no salão que todos a escutaram. O improvisador fez uma profunda reverência à linda dama com um ar de enorme gratidão e voltou para o seu palco.

— Senhoras e senhores — disse, voltando-se para a plateia —, a sorte determinou como tema da minha improvisação "Cleópatra e seus amantes". Peço humildemente ao o indivíduo que escolheu este tema que esclareça para mim sua ideia: de qual amante se trata aqui, *perché la grande regina aveva molto...*[5]

Diante dessas palavras, vários homens riram alto. O improvisador se desconcertou um pouco.

— Gostaria de saber — continuou — a que episódio histórico se refere a pessoa que escolheu esse tema... Serei extremamente grato se ela fizer a gentileza de explicar.

Ninguém se apressou para responder. Algumas senhoras voltaram o olhar para a menina feia que havia escrito o tema por ordem da mãe. A pobre menina percebeu esta atenção malévola e ficou tão envergonhada que

---

[5] Em italiano no original: "Porque a grande rainha possuía vários".

NOITES EGÍPCIAS

lhe brotaram lágrimas dos olhos... Tchárski não podia mais suportar isso e, voltando-se para o improvisador, disse em italiano:

— Fui eu que sugeri este tema. Tinha em vista a declaração de Aurélio Victor, que escreve que Cleópatra, segundo diziam, certa vez vendeu seu amor em troca da morte de quem o comprasse; e encontrou admiradores que, frente a esta condição, não se amedrontaram nem tentaram evitá-la... Parece, no entanto, que este assunto é um pouco embaraçoso... O senhor não gostaria de escolher outro?

Mas o improvisador já sentia se aproximar a presença divina... Ele deu sinal para que os músicos tocassem. Seu rosto se empalideceu terrivelmente, ele começou a tremer como se estivesse com febre; seus olhos começaram a brilhar com um fogo milagroso; ele levantou levemente seus cabelos pretos com a mão, enxugou com um lenço a testa alta, coberta de gotas de suor... E de repente deu um passo à frente, cruzou as mãos sobre o peito... A música parou... A improvisação começou.

> Brilha o palácio. Ressoa um coro,
> Canta-se ao som de liras e flautas.
> Com o olhar e a voz, a rainha
> Dá vida ao luxuoso banquete.
> Todos se voltam para seu trono;
> Mas, de repente, pensativa
> A rainha baixa a cabeça
> Sobre uma taça de ouro.
>
> E é como se o banquete dormisse
> Todos silenciam. O coro se cala.
> Mas ela outra vez levanta seu rosto
> E, com um olhar claro, fala:

Meu amor é para vocês sublime
Você podem comprar tal grandeza...
Escutem o que digo: hoje restauro
A igualdade que entre nós nunca existiu.
Quem começa o ardente leilão?
Meu amor, essa noite, está à venda.
Digam: quem de vocês comprará
Pelo preço de sua vida uma noite comigo?

Juro — ó mãe de todos os deleites,
Como nunca antes, lhe servirei,
E como uma mera concubina,
subo para o leito das paixões.
Escute-me, poderosa Cípria,
A todos os deuses subterrâneos,
Aos grandes deuses do terrível Hades,
Juro — até o momento em que brilhe a aurora
Os desejos de meus senhores
Cumprirei com volúpia, prometo
E com todos os segredos de meus lábios
Saciarei suas vontades com incrível prazer.
Mas, assim que o brilho róseo
da perpétua aurora comece a luzir
Juro — sob o machado mortal
A cabeça do ganhador cairá.

Fala — e horror domina a todos,
Os corações tremem de paixão...
Com fria insolência em seu rosto,
A rainha ouve um rumor confuso
E com um olhar desdenhoso percorre
seus admiradores. De repente,
Alguém se separa da multidão,
E, com ele, mais dois aparecem.
Passos corajosos; olhos límpidos;

Ela se levanta ao seu encontro;
Está feito: três noites compradas,
O leito da morte lhes lança o chamado.

Abençoados pelos sacerdotes,
Agora, tiram da urna fatal
diante dos convidados imóveis
a ordem, pela sorte.
O primeiro é Flávio — soldado valente,
tornado grisalho pelas centúrias;
Incapaz de perdoar a esposa,
Por seu arrogante desprezo;
Flávio enfrenta o apelo do prazer,
Como aceitava, nos dias de guerra,
O fervoroso chamado para a batalha.
Segue-o Críton, jovem sábio,
Nascido nos bosques de Epicuro,
Críton, admirador e cantor
das Cárites, de Cípria e Cupido.
Amável aos olhos e ao coração,
Como a flor da primavera que mal desabrochou,
O último não deixou seu nome
para os tempos. Sua face
Ainda estava coberta pela primeira penugem;
A admiração brilhava em seus olhos;
A força inexperiente das paixões
Fervia em seu jovem coração...
E o olhar enternecido
Da majestosa rainha pousou sobre ele.

COLEÇÃO DE BOLSO HEDRA

1. *Iracema*, Alencar
2. *Don Juan*, Molière
3. *Contos indianos*, Mallarmé
4. *Auto da barca do Inferno*, Gil Vicente
5. *Poemas completos de Alberto Caeiro*, Pessoa
6. *Triunfos*, Petrarca
7. *A cidade e as serras*, Eça
8. *O retrato de Dorian Gray*, Wilde
9. *A história trágica do Doutor Fausto*, Marlowe
10. *Os sofrimentos do jovem Werther*, Goethe
11. *Dos novos sistemas na arte*, Maliévitch
12. *Mensagem*, Pessoa
13. *Metamorfoses*, Ovídio
14. *Micromegas e outros contos*, Voltaire
15. *O sobrinho de Rameau*, Diderot
16. *Carta sobre a tolerância*, Locke
17. *Discursos ímpios*, Sade
18. *O príncipe*, Maquiavel
19. *Dao De Jing*, Laozi
20. *O fim do ciúme e outros contos*, Proust
21. *Pequenos poemas em prosa*, Baudelaire
22. *Fé e saber*, Hegel
23. *Joana d'Arc*, Michelet
24. *Livro dos mandamentos: 248 preceitos positivos*, Maimônides
25. *O indivíduo, a sociedade e o Estado, e outros ensaios*, Emma Goldman
26. *Eu acuso!*, Zola | *O processo do capitão Dreyfus*, Rui Barbosa
27. *Apologia de Galileu*, Campanella
28. *Sobre verdade e mentira*, Nietzsche
29. *O princípio anarquista e outros ensaios*, Kropotkin
30. *Os sovietes traídos pelos bolcheviques*, Rocker
31. *Poemas*, Byron
32. *Sonetos*, Shakespeare
33. *A vida é sonho*, Calderón
34. *Escritos revolucionários*, Malatesta
35. *Sagas*, Strindberg
36. *O mundo ou tratado da luz*, Descartes
37. *O Ateneu*, Raul Pompeia
38. *Fábula de Polifemo e Galateia e outros poemas*, Góngora
39. *A vênus das peles*, Sacher-Masoch
40. *Escritos sobre arte*, Baudelaire
41. *Cântico dos cânticos*, [Salomão]
42. *Americanismo e fordismo*, Gramsci
43. *O princípio do Estado e outros ensaios*, Bakunin
44. *O gato preto e outros contos*, Poe
45. *História da província Santa Cruz*, Gandavo
46. *Balada dos enforcados e outros poemas*, Villon
47. *Sátiras, fábulas, aforismos e profecias*, Da Vinci
48. *O cego e outros contos*, D.H. Lawrence

49. *Rashômon e outros contos*, Akutagawa
50. *História da anarquia (vol. 1)*, Max Nettlau
51. *Imitação de Cristo*, Tomás de Kempis
52. *O casamento do Céu e do Inferno*, Blake
53. *Cartas a favor da escravidão*, Alencar
54. *Utopia Brasil*, Darcy Ribeiro
55. *Flossie, a Vênus de quinze anos*, [Swinburne]
56. *Teleny, ou o reverso da medalha*, [Wilde et al.]
57. *A filosofia na era trágica dos gregos*, Nietzsche
58. *No coração das trevas*, Conrad
59. *Viagem sentimental*, Sterne
60. *Arcana Cœlestia e Apocalipsis revelata*, Swedenborg
61. *Saga dos Volsungos*, Anônimo do séc. XIII
62. *Um anarquista e outros contos*, Conrad
63. *A monadologia e outros textos*, Leibniz
64. *Cultura estética e liberdade*, Schiller
65. *A pele do lobo e outras peças*, Artur Azevedo
66. *Poesia basca: das origens à Guerra Civil*
67. *Poesia catalã: das origens à Guerra Civil*
68. *Poesia espanhola: das origens à Guerra Civil*
69. *Poesia galega: das origens à Guerra Civil*
70. *O chamado de Cthulhu e outros contos*, H.P. Lovecraft
71. *O pequeno Zacarias, chamado Cinábrio*, E.T.A. Hoffmann
72. *Tratados da terra e gente do Brasil*, Fernão Cardim
73. *Entre camponeses*, Malatesta
74. *O Rabi de Bacherach*, Heine
75. *Bom Crioulo*, Adolfo Caminha
76. *Um gato indiscreto e outros contos*, Saki
77. *Viagem em volta do meu quarto*, Xavier de Maistre
78. *Hawthorne e seus musgos*, Melville
79. *A metamorfose*, Kafka
80. *Ode ao Vento Oeste e outros poemas*, Shelley
81. *Oração aos moços*, Rui Barbosa
82. *Feitiço de amor e outros contos*, Ludwig Tieck
83. *O corno de si próprio e outros contos*, Sade
84. *Investigação sobre o entendimento humano*, Hume
85. *Sobre os sonhos e outros diálogos*, Borges | Osvaldo Ferrari
86. *Sobre a filosofia e outros diálogos*, Borges | Osvaldo Ferrari
87. *Sobre a amizade e outros diálogos*, Borges | Osvaldo Ferrari
88. *A voz dos botequins e outros poemas*, Verlaine
89. *Gente de Hemsö*, Strindberg
90. *Senhorita Júlia e outras peças*, Strindberg
91. *Correspondência*, Goethe | Schiller
92. *Índice das coisas mais notáveis*, Vieira
93. *Tratado descritivo do Brasil em 1587*, Gabriel Soares de Sousa
94. *Poemas da cabana montanhesa*, Saigyō
95. *Autobiografia de uma pulga*, [Stanislas de Rhodes]
96. *A volta do parafuso*, Henry James
97. *Ode sobre a melancolia e outros poemas*, Keats
98. *Teatro de êxtase*, Pessoa
99. *Carmilla — A vampira de Karnstein*, Sheridan Le Fanu

100. *Pensamento político de Maquiavel*, Fichte
101. *Inferno*, Strindberg
102. *Contos clássicos de vampiro*, Byron, Stoker e outros
103. *O primeiro Hamlet*, Shakespeare
104. *Noites egípcias e outros contos*, Púchkin
105. *A carteira de meu tio*, Macedo
106. *O desertor*, Silva Alvarenga
107. *Jerusalém*, Blake
108. *As bacantes*, Eurípides
109. *Emília Galotti*, Lessing
110. *Contos húngaros*, Kosztolányi, Karinthy, Csáth e Krúdy
111. *A sombra de Innsmouth*, H.P. Lovecraft
112. *Viagem aos Estados Unidos*, Tocqueville
113. *Émile e Sophie ou os solitários*, Rousseau
114. *Manifesto comunista*, Marx e Engels
115. *A fábrica de robôs*, Karel Tchápek
116. *Sobre a filosofia e seu método — Parerga e paralipomena (v. II, t. 1)*, Schopenhauer
117. *O novo Epicuro: as delícias do sexo*, Edward Sellon
118. *Revolução e liberdade: cartas de 1845 a 1875*, Bakunin
119. *Sobre a liberdade*, Mill
120. *A velha Izerguil e outros contos*, Górki
121. *Pequeno-burgueses*, Górki
122. *A esquerda e o anarquismo*, Bookchin
123. *Um sussurro nas trevas*, H.P. Lovecraft
124. *Primeiro livro dos Amores*, Ovídio
125. *Elixir do pajé — poemas de humor, sátira e escatologia*, Bernardo Guimarães
126. *A nostálgica e outros contos*, Papadiamántis

Edição	Bruno Costa
Coedição	Iuri Pereira e Jorge Sallum
Capa e projeto gráfico	Júlio Dui e Renan Costa Lima
Imagem de capa	Detalhe de *A cavalaria vermelha a todo galope*, Kazímir Maliévitch (1918—28)
Programação em LaTeX	Marcelo Freitas
Revisão	Bruno Costa e Cecília Rosas
Assistência editorial	Bruno Oliveira
Colofão	Adverte-se aos curiosos que se imprimiu esta obra em nossas oficinas em 7 de janeiro de 2011, em papel off-set 90 g/m², composta em tipologia Minion Pro, em GNU/Linux (Gentoo, Sabayon e Ubuntu), com os softwares livres LaTeX, DeTeX, vim, Evince, Pdftk, Aspell, svn e TRAC.